KB265575

선영사

Sun Young Publishing Co.

Sun Young Publishing Co.

Browning

사랑을 이유로
사랑해 주세요

___________________ 님께

따뜻한 마음을
이 한 권의 시집에 담아
전해 드립니다.

　　　년　　월　　일

　　　　　　　드림
____

선영세계 명시선 ·····················브라우닝 편

도서출판 선영사

제1부 · 사랑을 위하여

하느님에 대한 어린이의 생각 - 9

갈대 - 11

세월 - 13

당신의 영혼이 머무는 곳에서 - 14

고귀한 선물 - 15

바로 이 사람은 - 16

영원한 사랑 - 17

님의 사랑 - 18

사랑의 되뇌임 - 19

사랑의 무기 - 20

님의 물결 - 21

님과 나 - 22

사랑의 기쁨 - 23

님의 나무 - 24

님의 눈빛 - 25

사랑의 맹세 - 26

사랑의 입맞춤 - 27

성스러운 감사 - 28

생명의 천사 - 29

님의 꽃 - 30

제2부 · 최고선(最高善)

차례 2 · 로버트 브라우닝의 명시

밤의 밀회 - 33

아침 이별 - 34

피파의 찬가 - 35

사랑 속의 삶 - 36

최고선(最高善) - 37

내 별 - 38

바다에서의 고향 생각 - 39

타향에서의 고향 생각 - 40

여인과 장미 - 42

잃어버린 지도자 - 46

기억할 만한 것 - 48

앞을 보라 - 50

캄파냐 초원에서 그대와 함께 - 52

마지막 승마 - 56

어느 여인의 마지막 말 - 63

폐허에서의 사랑 - 67

안드레아 델 사르토 - 72

랍비 벤 에즈라 - 86

포필리아의 연인 - 89

나의 전처 공작 부인 - 92

차례 3 · 로버트 브라우닝의 명시

제2부 · 최고선 (最高善)

수사 립포 립피 — 95
시를 읽고 나서 — 115
브라우닝 그는 — 116
브라우닝의 문학과 인생 · 115

사·랑·을·이·유·로·사·랑·해·주·세·요

제1부
사랑을 위하여

E·B·Browning

사·랑·을·이·유·로·사·랑·해·주·세·요

하느님에 대한 어린이의 생각

1

하느님은 아주 높은 곳에 계신다고들 해요.
하지만 소나무 위를 보아도
우리 하느님을 볼 수가 없어요. 왜 그런가요?

2

그리고, 금광을 헤쳐보아도
금 속에 하느님은 보이지 않아요.
하느님으로부터 온갖 영광이 빛난다 해도.

3

하느님은 너무 선하시기에 얼굴로
하늘과 땅의 구름을 가리셨어요.
사랑으로 인해 간직한 수많은 비밀만큼.

4

그리하여 하느님의 포옹은 그분이 지으신 만물에
떨리며 미끄러져 내려올 듯한 생각이 들어요.
보이고 들리는 모든 곳으로.

5

마치 포근한 어머니께서
　내 다문 입술에 입맞춰 주시며
　나를 밤에 살며시 깨워
　"얘야, 어둠 속에서 키스한 이가 누군지 알아맞춰
　　보렴" 하듯 말이어요.

갈 대

1

나는 나팔이 아니라 한 줄기 갈대.
   살랑대는 몸짓은 은구슬 소리
   내게서 공허한 소리가 날 리 없지.
   되울릴 적에 노예를 더 꽉 묶는 것 같은
   소리는 조금도 내지 않으리.
   사제(司祭)나 왕을 위해서라도.

2

나는 나팔이 아니고 한 줄기 갈대.
   꺾어진 갈대, 바람에 맞아
   황량한 강가에 쓰러졌도다.
   그러나 조그만 아가씨나 어린이가
   그 위에서 한숨을 쉬면 진지하고 부드럽게
   이 갈대는 스스럼없이 대답하리.

갈대

3
나는 나팔이 아니고 한 줄기 갈대,
　강가에서 그물 던지는 어부에게 전해주오.
결코 그물을 찢거나
그들이 넘어질 때 손을 찌르지 않겠다고.
그러니 그들이 나를 모래 잡초 사이에
가만히 내버려두게 해달라고.

세 월

나는 시오크리투스가 어떻게 노래했나 생각해 보았지요.
감미로운 세월, 사랑스럽고 희망에 찬 세월이
우아한 손에
노인이나 젊은이에게 줄 선물을 들고 나타나는 모습을
내가 그의 시구(詩句)를 음미하고 있을 때
눈물이 고인 내 눈에 서서히 부각되어 왔지요.
감미롭지만 구슬프고 쓸쓸한 세월.
내 삶의 편린들이, 차례로 내 앞길에
그림자를 드리우고 있음을 흐느끼며 느끼게 되었어요.
어떤 신비한 얼굴이 내 뒤에서 흐느적대며
머리채를 뒤로 잡아당기는 것을.
내가 버둥거리는 사이 어떤 음성이 승리자처럼 말하길
"자, 누가 너를 붙잡는지를 알아맞춰 보게나."
나는 대답했죠. "죽음이지요." 그러나 그곳에선
그 은구슬 같은 음성이 낭랑히 울렸어요.
"죽음이 아니라 사랑이니라" 하고.

당신의 영혼이 머무는 곳에서 소네트·7

오, 세상의 형상이 달라진 것 같아요.
처음 당신의 영혼의 발자국이
아, 뚜렷이 움직이는 소리를 들은 이후,
그 발자국은 분명한 죽음의 저 끝 낭떠러지 사이로
살며시 다가와, 아래로 추락하려 했던 저를
끌어올려 사랑해주고, 새로운 충격으로
온 인생을 가르쳐 주었어요.
그대가 제 곁에 있으니, 하느님께서 세례를 위해
마련하신 고통의 잔을 기꺼이 들이키며
그 맛을 찬양하겠어요.
그곳이나 이곳이나 그대가 계시거나 계실 곳은
오, 무엇이든 사랑으로 바꿔어요.
또한 어제 사랑받던………이 거문고와 노래도
(노래하는 천사들이 알아요) 오로지 그들과 만나는 중에
그대의 이름이 사랑스럽기만 합니다.

고귀한 선물

님에게 어떤 정성을 바칠까요? 오, 관대하고
권능있는 시여자여, 그대는 황금과 때묻지 않은
무수한 그대 가슴의 홍포를 가져다,
성문 밖에 놓아 두고
저 같은 사람이 가져가도록 버려두었소.
기대하지 않던 관대하고 아주 다양한
고귀한 선물을 받고, 전연 아무것도
바칠 수 없는 제가 인정 없고 배은망덕하지요?
그렇지 않아요. 몰인정한 게 아니라 가난한 것입니다.
세상을 다스리시는 하느님이 아실 겁니다.
자주 흐르는 눈물이 내 삶의 빛깔을 빼앗아
이처럼 시들고 창백한 물건이 되어
내 생명을 님의 베개로 바쳐도 쓸모가 없을 거에요.
좀더 멀리 가세요, 제 생명을 밟고, 앞으로 걸어가세요.

바로 이 사랑은

진정, 바로 이 사랑은 나의 자랑이며,
가슴에서 머리로 솟아오를 때,
커다란 루비 왕관을 내게 씌워
사람들의 시선을 끌고
내면의 가치를 보여주지만~
이 사랑도, 내 모든 가치도
조금도 사랑하지 않을 거예요.
만일 님께서 내게 모범을 보여주시고,
마주쳤을 때,
그리고 사랑을 부를 때,
사랑하는 법을 보여주지 않으셨다면.
그래서 나는 나의 사랑을
가장 소중한 것이라고 이야기할 수도 없어요.
님의 영혼이 지쳐있고 연약한 내 영혼을 끌어올려,
님의 황금 옥좌에 앉혀주셨어요
제가 사랑함은(오, 영혼이여! 우리는 온순해야 해요.)
오직, 저만이 사랑하는 님이 있기 때문입니다.

영원한 사랑

님이여 ! 저를 사랑해야 한다면,
오직 사랑을 이유로 사랑해 주세요.
" 난 그대 웃음에, 미모에,
상냥한 말씨에 반해, 그대만의 사고방식이
나와 잘 어울리고
언젠가 기쁨을 주었기에 그댈 사랑해 " 라고
말하지 마세요.
님이여, 이런 것들은 스스로 변하거나
당신의 마음에 달리 투영될 수도 있어요.
그렇게 맺은 사랑은 또 그렇게 풀릴지 몰라요.
저를 사랑하지도 마세요.
저의 눈물을 닦아주는 애정어린 연민 때문에,
님의 위안을 오래 받았던 사랑은 울기를 잊어
님의 사랑을 잃을 수도 있으니까요.
세세에 사랑의 영원을 통해 사랑할 수 있도록
오직 사랑을 이유로 사랑해 주세요.

님의 사랑

하지만 님이 그처럼 정복하시기에,
님이 더 고상하시고, 군주 같으시기에,
님은 나의 두려움을 물리치시고
님의 홍포로 내 가슴을 감싸주어, 가슴이
님의 가슴과 맞닿아 있어 앞으론 홀로 있어도
어떻게 떨리는지 알 수 없을 겁니다.
아니 정복은 넘어뜨릴 때처럼 세울 때에도
군주답고 완전할 수가 있어요!
그리고 정복당한 병사가 피로 젖은 땅에서
일으켜 세워주는 이에게 칼을 건네듯
님이여, 그처럼. 여기서 제 싸움도 다했음을 적어둡니다.
님이여 저를 불러주시면,
저는 힘을 얻어 굴욕을 딛고 일어서겠어요.
제 가치를 더하기 위해 님의 사랑을 보태주세요.

사랑의 되뇌임

사랑한다고 다시 한번 들려주세요.
또 한번 더 그 말을 되뇌이면
님에게 뻐꾸기 울음같이 들리겠지만
기억해 두세요. 뻐꾸기 울음이 없이는 결코
상큼한 봄이 연록빛 치장을 하고
산과 들에, 골짜기와 숲에 찾아오지 않을 거예요.
님이여, 어둠 속에서 미심쩍은
영혼의 음성을 들은 저는 의심의 틈새에서
" 사랑한다고 한번 더 들려주세요 " 하고 외칩니다.
별이 총총 하늘을 수놓아도 너무 많다고 겁낼 이 있나요?
백화가 사철 만발한다고 , 너무 많다고 겁낼 이 있겠어요?
" 사랑해, 사랑해, 사랑해," 속삭여줘요.
다만 잊지는 마시고 — 말없이 영혼으로도 사랑하는 것을.

사랑의 무기

세상의 온갖 날카로움을 접는 칼처럼 칼집에 접어 넣어
부드럽고 온화한 이 사랑의 닫힌 손에
상처를 입히지 못하게 하세요.
철커덕하고 접힌 후에
인간의 이전투구에 커기울이지 맙시다.
생명이 생명에게 ― 나는 당신에게 두려움 없이 기대어
속인들의 칼을 막는 부적의 보호를 받는 안심이 생겨요.
그들은 들끓는다 해도, 우리를 해칠 힘이
새하얗게 아직도
우리 생의 백합꽃이
뿌리에서 새로 피어나서
끊임없이 내리는 천상의 이슬만 섭취하며
인간의 손이 닿지 않는 동산에서 굳건히 자랄 수 있어요.
우리에게 풍요를 주신 하느님만 우리를 빈곤하게 할 수 있어요.

님의 물결

암울한 가슴을 지녀왔어요, 님이여 —
해마다 — 님의 얼굴을 뵙기까지.
수없는 서글픔이 일상의 기쁨까지
모두 쓸어갔어요. 무도회 때
고동치는 심장이 연이어 들어올린
줄에 꿴 진주알들마냥 사뿐한 기쁨을!
희망은 금세 가이없는 절망으로 변하여
하느님의 은총마저 내 암울한 맘을
쓸쓸한 세상 밖으로 들어올릴 수 없었죠.
그때 바다처럼 깊은 님의 맘속으로 떨어뜨리라 명하셨어요.
그러니 제 가슴은 금방 가라앉았어요.
마치 즉시 가라앉는 성질의 물체처럼.
님의 물결이 그 위를 덮어주었어요. 별들과
이루지 못한 운명 사이에 다리를 놓으면서.

님과 나

나는 환상을 벗삼아 살았어요.
그들은 예전엔 인간 대신에
정숙한 벗이었어요. 그들이 들려주는
음악보다 포근한 건 없었어요. 알려고도 않았어요.
하지만 곧 끌리는 그들 홍포엔 속세의 티끌이
묻어 나왔고, 거문고도 조용해졌으며
나 자신도 그들의 증발에 허락해졌고
눈앞이 캄캄했죠. 그때 님이 오셨어요—
님이여, 그들은 허상, 당신은 실상. 그들의 빛나는 이마,
그들의 노래, 그들의 광채보다 더 훌륭하나, 같은—
성수반(聖水盤)에 담긴 성스런 광물처럼
당신 안에서 모두 어울려
모든 소원을 이루어주심으로 내 영혼을 정복하셨어요.
하느님의 선물은 인간의 가장 큰 꿈을 무색케 하시니까요.

사랑의 기쁨

그리운 님이여, 당신은 제가 쓰러져 있던
이 황량한 땅에서 저를 세워주시고
거칠게 날리는 머릿결 사이로
생명의 숨결을 뿜으셔서, 당신의 구원의 키스 앞에 제 이마는
새로이 소망의 빛을 발합니다.
내 님, 내 님이여, 세상이 사라졌을 때 내게 오신 님,
오직 하느님만을 간구하던 나는 님을 발견했습니다.
하여 나는 안전하고 굳세고 환희에 차 있습니다.
이슬 없는 천국의 꽃 사이에 서 있는 이가
지상의 고달픈 시간을 뒤돌아보듯.
저도 부푼 가슴으로
여기 선과 악 사이에 서서 증언합니다.
사랑은 죽음처럼 강하나
소생시키기도 한다는 것을.

님의 나무

님을 그리고 있어요! — 포도넝쿨이
나무에 감기듯, 제 생각은 님에게 감겨,
떡잎이 돋고, 숲을 가리는, 만 갈래로 뻗은 잎만 보여요.
하지만, 오 나의 종려나무여! 알아두셔요.
그보다 더 사랑스럽고, 더욱 좋은 님의 대신에
내 헤아림 가지지 않겠다는 것을.
곧 님의 모습을 보여주세요. 강한 나무처럼.
님의 몸체를 미풍에 맡겨 줄기를 드러내주어요.
님을 에워싼 푸른 잎의 띠를 쾅 떨어뜨려,
갈래갈래 부서지게 하세요.
님의 형상을 보고, 말을 듣고, 님의 그늘 아래서
신선한 공기를 들이마시는 이 깊은 환희 속에서
나는 님을 헤아리지 않을 테니까요.—
제가 님 곁에 너무 가까이 있기에.

님의 눈빛

님은 왔어요! 침묵으로 모든 말을 했어요.
단언하지 않지만 넘치는 내적 희열로
행복한 눈꺼풀을 통해 떨리는 영혼을 지닌
아이들이 한낮의 태양 아래 앉아 있듯이
저는 님의 눈빛 아래 앉아 있었어요.
보세요, 저는 그 마지막 의심의 과오를
범했어요! 하지만 전 그 죄보다
죄의 원인을 유감되이 생각해요 — 우리 둘이
둘이 함께 있어 보살펴주지 않고
잠깐 서 있었으니까요, 아, 가까이 성큼 다가오세요.
비둘기 같은 구원자여! 제 두려움이 피어날 때,
님의 바다와 같은 가슴으로 살며시 막아주세요.
신성한 자족으로 이 생각들을 안아주세요.
그것 없이는 고독한 하늘의 어린 새마냥 떨고 있어요.

사랑의 맹세

절 사랑한다는 님의 맹세에 태양이 처음으로
떠오르던 때, 너무도 빨리, 쉽게 감겨
영원한 사랑의 맹세를 하게 한 끈들이
달의 흐름에 맞춰 느슨해지리라 생각했어요.
빨리 달아오른 애심은 쉽게 식을지 모른다고 생각했죠.
제 자신을 보니, 님의 한없는 사랑을
받을 만한 자격 또한 없어 보였어요 — 차라리 명가수가
자기 노래를 망쳐 화내고, 얼른 집어들었다가
소리가 조금만 맘에 차지 않으면 내동댕이칠
낡은 불협화음의 바이올린이었어요.
하지만 전 이처럼 자신을 비하한 것이 아니라,
님을 부당하게 평가하였어요. 왜냐하면 멋진 선율은
낡은 악기에서도, 거장의 손에서도 흘러나올 수 있고,
위대한 영혼엔 단번에 반할 수 있으니까요.

사랑의 입맞춤

그이는 나에게 처음으로 입맞춰 주었어요,
내가 글을 쓰고 있는 이 손가락에.
그 후로 손은 더욱더 희고 깨끗해져
게을러지고, 천사들이 말할 때
"오, 커기울이세요!" 하는 듯 거만해졌어요.
내 손의 자수정 반지가 첫 입맞춤보다 내 눈에 더
선명하게 느껴졌어요. 두 번째 입맞춤은 먼저보다
더 높이 올라가, 이마를 찾다가 반은 놓치고,
반은 머리칼에 떨어졌어요. 오, 갚을 수 없는 것!
성스러운 감미로움을 지닌
사랑의 면류관이기 전에 사랑이 풍만한 성유였어요.
세 번째 입맞춤은 내 입술 위에
심홍색 상태로 포개졌어요. 그후로 정말,
난 자랑스레 "내 사랑, 내 믿음" 하고 말해왔어요.

성스러운 감사

마음 깊이 나를 사랑했던 모든 이들에게 감사해요.
진정으로 깊은 사랑과 감사를 드려요.
감옥 담장 근처에 잠시 멈추어
소리 높은 제 음악을 듣다가
제각기 시장이나 사원(寺院)으로
영영 가버린 모든 이들에게.
그러나 흐느낌으로 내 목소리가 가라앉고
사라질때 , 님의 지극히 거룩한
예술의 악기도 발 아래 던지고
흐느끼며 더듬거리던 내 말에 귀기울여 주시던 님이여!
님에게 어떻게 감사해야 할지 가르쳐주세요.
오, 내 영혼의 모든 의미를 미래를 향해 던지고,
미래가 내 영혼을 설명하고, 인사할 수 있도록
사라진 생으로부터 영원한 사랑에게.

생명의 천사

" 내 미래는 과거를 그대로 옮겨놓지 않겠어 "
언젠가 이렇게 쓴 적이 있죠. 하느님의
순백의 옥좌에 들어올린 내 생명의 천사가
탄원하는 눈빛을 보고 그 말이 옳다고
생각하면서 눈을 들었더니
그곳에 대신, 영혼 안에서 천사들과 벗삼은
님이 보였어요. 그때 오랜 세월
고통에 시달린 저는 큰 위안을 받았어요.
님의 눈빛으로, 순례하는 제 지팡이에서
구슬 같은 아침 이슬을 머금고 푸른 잎이 돋아났어요.
이제 전 삶의 전반부를 모방하지 않아요
해묵은 곰팡이로 좀먹었던 과거의 장을 여기에 두고
미래의 제목을 다시 써주세요. ―
이 세상에서 소망하지 않던 새 천사여.

님의 꽃

님이여, 당신은 제게 여름과 겨울 내내 정원에서
많은 꽃을 꺾어다 주셨어요.
꽃은 이 골방에서 햇살과 비를 받아 자라듯 싱싱했어요.
이처럼 변함 없는 사랑의 이름으로
여기에 피어난 이 생각들도 받아주세요.
덥고 추운 날에 제 마음의 꽃밭에서 겪었던
꽃떨기에요. 정말, 그 꽃밭과 정자에는
쓴 잡초랑 운향(芸香)이 무성히 자라나서
님이 뽑아주기를 기다리고 있답니다.
하지만 여기 붉은 들장미가 있어요.
담쟁이덩굴도! 제가 님의 꽃을 받듯
받으시어 시들지 않을 곳에 놓아두셔요.
님의 눈망울이 꽃의 참빛깔을 알도록 가르치시고
꽃뿌리가 제 영혼에 남아 있음을 님의 영혼에게 일러두세요.

제 2 부
최고선(最高善)

R·Browning

밤의 밀회

회색 바다와 어둡게 펼쳐진 육지,
커다란 황색 반달이 나직이 걸려 있다.
깜짝 놀란 잔물결이 출렁인다.
잠에서 깨어나 작은 불고리를 이루며
내가 뱃머리 밀고 작은 물섶에 닿아
질척한 모래밭에 배 속도를 줄였을 때,

그 후엔 바다내음 풍기는 기나긴 해변.
농장을 만나기까지 거쳐야 할 밭 셋.
— 창문 똑똑, 쏴아 부딪히는 소리,
그리고는 불붙는 성냥의 푸른 섬광
환희와 두려움으로 서로를 향해
두근대는 두 가슴보다 낮은 한 목소리.

아침 이별

갑(岬) 주위로 홀연 바다가 다가왔다.
태양은 산봉우리 너머 쳐다보고 있다.
그리고 태양에게 황금의 길이
곧게 펼쳐져 있고
나에게 인간세계의 삶의 욕구가 있다.

피파의 찬가

계절은 이른 봄,
시간은 아침,
아침 중에도 일곱시.
저 뒷동산 구릉엔 이슬구슬 맺혔다.
노고지리 퍼덕이고,
달팽이 가시 위에 앉아 있다.
하느님 그곳에 계시니
온 세상사 무사태평이로세.

사랑 속의 삶

나를 멀리한다고?
결코 —
임이여!
내가 나이고 그대가 그대인 한
　　사랑하는 나와 싫어하는 그대
　　우리 둘이 이 세상에 사는 동안,
한 사람이 피하면 또 한 사람은 뒤쫓아야만 한다.
내 인생은 실패작인가?
　　정말 너무나도 운명적이다.
　　최선을 다해 노력해도 성공할 수 없으리니.
그러나 여기서 내 목적을 이루지 못한들 어떠냐!
신경을 곤두세우고,
눈물을 훔치고, 넘어지면 웃고,
실패하면 일어나 다시 시작하면 될 것을.
　　그래서 한평생 추적하는 것뿐.
　　하지만 그대 가장 멀리서 한 번만 보아다오.
　　먼지와 어둠에 깊이 휩싸인 나를.
오랜 희망이 흩어지자 나는 곧,
　　같은 목표를 향하여 새 희망을 다시 모은다
　　항상 멀리 떨어져 있다 하여도!

최고선 (最高善)

한 해의 숨결과 꽃이 한 마리 벌의 꿀자루 속에
탄광의 경이와 풍요가 한 덩이 보석의 심장 속에
바다의 온갖 그늘과 빛이 한 알의 진주 속에 있다.
숨결과 꽃, 그늘과 빛 — 경이, 풍요, 그리고 —
이들보다 더 한층 높고 높이 —
보석보다 밝은 진실,
진주보다 순수한 믿음인가. —
온 누리에서 가장 밝은 진실, 가장 순수한 믿음
— 모두 나에겐
한 소녀의 입맞춤 속에 잠기리.

내 별

내가 어느 별 하나에 대해
알고 있다는 것은
(모서리진 빙주석(氷洲石)처럼)
빨간 창을 던졌다
푸른 창도 던졌다
할 수 있다는 것뿐이다.
나의 친구 그네들도
보고 싶다고 말하기까지
빨간 창과 흰 창을 던지는 내 별을 바라보리라.
그때 내 별은 새처럼 멈춘다; 꽃처럼 오무린다.
그들은 내 별 위의 토성으로 만족하여야만 한다.
그들의 별이 하나의 세계인들 어떠리.
내 별이 그 영혼을 내게 열어주었다.
그러므로 나는 그것을 사랑하노라.

바다에서의 고향생각

장엄하게 장엄하게 세인트 빈센트 곶(岬)은
서북쪽으로 사라졌다.
석양은 흘러 찬란한 핏빛으로 케이디즈 만을 감싸고
타오르는 물 사이로 푸르게 트라팔가가 가깝게 보인다.
아득히 동북쪽으로 웅장한 회색 지브랄타가 뿌옇다.
「여기서, 영국은 나를 도왔다. 나는 어떻게 영국을
도울 수가 있을까?」
오늘 저녁 나와 같이 찬미와 기도하는 이 말하리라.
주피터의 별이 저기 아프리카 하늘 위로
소리 없이 떠오를 때에.

타향에서의 고향생각

1

오, 영국에 갔으면!
지금 그곳은 춘사월
영국에선 어느 아침녘 잠 깨면
무심결에 보이는 것을-
어느새 느릅나무 줄기 둘레와 맨 밑가지와
작은 나무 숲 더미에 자그만 잎새 피어남을.
방울새는 과실나무 가지에 앉아 노래하고.
영국에서는 - 바로 이맘때!

2

4월이 가고 5월이 오면
바람새 집을 짓네, 제비들과 함께!
귀를 기울여보라, 피어난 산울타리의 내 복숭아나무
밭으로 몸 굽히고 클로버 위에 뿌린다 —
복숭아꽃과 이슬을 – 저 구부러진 가지 끝에
슬기로운 티티새 같은 노래 연이어 들리네.
남들이 다시 들을 수 없다고 생각할까봐
저 절묘한 무상의 첫 법열을!
들판, 비록 하얀 이슬 덮여 스산히 보일지라도
모두 밝아지리, 정오가 다시 깨울 때는
꼬마들의 선물, 아기미나리아제비꽃을.
– 이 반짝이는 참외꽃보다 한결 더 밝은!

여인과 장미

     1
나는 빨간 장미나무 꿈을 꾼다.
그 세 송이 장미꽃 속에서
나에게 가장 소중한 장미꽃은 ?

     2
빙글빙글, 백설의 무도회처럼 눈부시다.
장미나무의 보호자들이,
돌과, 시인의 페이지에 새겨진
오래 전에 사라진 여인들이 떠오른다.
청초하고 단아한 여인네들이여!
오늘 살며 사랑하며 사랑받는 여인들이
끝으로, 후방에 수없는 처녀 무리 내닫는다.
아직 태어나지 않은 미녀들이, 한 리듬에 맞춰
내 장미나무에 달린 그들의 장미 주위를 돈다.

     3
소중한 장미, 그대의 마지막이 왔다.
그대 잎은 늘어지고 색깔은 변했다.
벌들은 눈길조차 없이 지나치는구나.

여인과 장미

4
그러니 멈추어서서 허리 숙여라, 내가 기어오를 수 없으니.
너희, 고대의 위대한 여인들이여!
내 어떻게 그대들을 뜨겁게, 얼게, 시선을 끌게 하나?
그대들 발 아래 내 마음을 터뜨려 기쁘게 해줄까?
오, 서로 소유하고 소유당했으면!
창백한 가슴 속에서 뛰노는 심장이여,
단 한번이라도 사랑과 시, 정열의 샘물을
마시고 죽었으면 — 모두 일장춘몽, 그들은 반복하여
내 장미나무에 달린 그들의 장미 주위를 돈다.

5
사랑스런 장미, 그대 기쁨은 사라지지 않고
그대 술잔은 황홀하여라.
그대 술잔 속에 신주(神酒)가 넘쳐 흐른다.

6
히아신스가 불러들이는 벌이
조각상의 밑대에서 떨어지듯, 깊숙이
나도 불타면서 파고들리라.
벌처럼 뛰어들어 내 연모의 불 끄리라.

여인과 장미

눈을 그대 눈 속에, 입술을 그대 입술에,
허리띠 미끌어지는 곳에 나를
꽉 껴안아주오 - 한 번만 포옹해주오.
하지만 안돼 - 또 이전 습관대로
내 장미나무에 달린 그들의 장미 주위를 돈다.

　　　　7
가시 없는 나의 사랑스런 장미
너의 봉우리는 아직 피어나지 않은
새 아침의 첫 햇살.

　　　　8
쌀쌀하고 맑은 공기에 날개를 달아주라, 날개를!
먼 것은 가까운 것을 정복하는 법.
장미는 새로이 피어나고 보는 이 그치지 않으리.
우리 몸뚱아리 진토될 흙에서 솟아나리.
세월의 흐름과 함께 무엇이 다가올 것인가?
신기한 미나 기묘한 미나 이브를 창조하리,
마음에 들게 그녀를 빚어 만드는 예술가 되리
오호라, 이전과 같은 모습으로 그들은

여인과 장미

내 장미나무에 달린 그들의 장미 주위를 도는도다.

잃어버린 지도자 *

워즈워드가 진보파에서 이탈한 후
1843년 계관 시인이 된 것을
비꼬아 지은 시이다. (1845)

1

오직 한 움큼의 은화 때문에 그는 우리를 버렸다.
오직 옷깃을 장식하는 하나의 리본을 위해서—
운명이 우리를 저버린 한 가지 선물(권세)을 얻으며
운명이 우리에게 봉사하도록 한 모든 것을 잃었다.
그들은 금화를 많이 가졌으면서도
그에게 은전을 던져주었고
그토록 많이 가졌으면서도 그토록 조금만 준다.
우리는 얼마나 많은 동전을 그분을 위해 바쳤던가!
그것은 누더기옷이었다— 자주빛 옷이었다면 그는
마음 속으로부터 자랑했을 것이다.
그렇게도 그를 사랑했고, 따랐고, 존경했던 우리
그의 온화하고도 빛나는 깨우침에 의지해 살면서
그의 위대한 언어를 배우고 명쾌한 행동을 본떴으며
그를 우리의 생사를 저울질하는 귀감으로 삼았었다.
셰익스피어는 우리와 더불어 살았고
밀턴은 우리를 위해 있었으며
번즈, 셸리도 우리와 함께 있었다—그들은 무덤에서 보고 있다.
그만이 유독 선각자에서, 자유인에서 이탈했다.
—그만이 유독 낙오자로, 노예로 전락했다.

2

우리는 힘차게 나아가련다 ─ 그가 없을지라도
노래가 우리를 북돋아주리라 ─ 그의 시가 아니라 해도
성과를 이루어 놓으리라 ─ 그가 침묵 속으로 안주하여,
모두 의지를 불태우는 데 웅크리도록 타이르고 있을 때
그의 이름을 지워버리고 죽은 이의 이름을 하나 더 기록하고
거절 받는 또 하나의 과업과
아무도 밟은 이 없는 또 하나의 길을
또 하나의 악마의 승리와 천사들의 슬픔을
인간에 대한 또 하나의 과오,
신에 대한 또 하나의 모욕을 기록하자!
인생의 밤은 시작한다 ─ 다시는 그가 돌아오지 못하게 하자.
의혹과 망설임과 고통이 따르더라도.
우리에게는 강압적인 칭찬 ─ 황혼의 가물대는 빛도 있으리니.
다시는 거짓된 아첨을 반기지 말자.
멋진 싸움은 좋은 일. 우리가 그를 깨우쳐주었으니
─ 용감하게 쳐부수자.
우리가 그를 정복하기 전에 용기를 북돋우자.
그래서 새로운 지식을 터득하여
우리의 처분을 기다리게 하고
하늘에서 용서를 받아 하느님 앞에 먼저 가는 자 되라

기억할 만한 것

브라우닝은
셸리의 영향을 많이 받음

1

아, 그대는 셸리라는 이름 만난 일이 있으며
그리고 그는 멈춰서서 그대에게 말을 걸어왔고
또 당신도 그에게 말을 하셨습니까?
그것은 얼마나 신기하고 새로운 일입니까.

2

하지만 당신은 그 전에도 살아왔었고
또 그 후에도 역시 살고 있습니다.
내가 이상하다 생각했던 그 기억은 —
내 놀라움이 당신의 웃음을 불러일으킵니다.

3

나는 황야를 건넜다. 그 나름대로의 이름도 있고
틀림없이 이 세상에서 쓸모가 있는 황야를,
그러나 황야의 손바닥 넓이만이 유독
주위의 넓은 빈 공간에서 빛난다.

4

거기서 나는 히드 관목에서 꽃을 꺾었고
거기서 텃갈이하던 깃털, 수리의 깃털을
내 안주머니에 넣었다.
그런데 난 그 외의 것은 모두 잊었다.

앞을 보라

죽음을 두려워한다고? —목청에 자욱한 안개를 느끼고
　　내 얼굴에도 안개가 끼는구나,
눈이 내리기 시작하고 돌풍이 불어와서
　　나 그곳에 다다랐을 때,
밤의 힘과 폭풍의 압력
　　원수가 지키고 있는 곳에
공포의 괴수는 눈에 보이게도 저기 서 있으나
　　강한 자는 무릅쓰고 가야만 한다.
한평생이 끝나 절정기에 도달했고
　　장벽들은 무너졌다.
비록 인생을 청산하는 마지막 보상을 받기 전에
　　한판 싸움이 있어야 하지만
나는 일찍이 투사였다—그래 한판 더 싸워야겠다.
　　최선의 최후의 싸움을!
죽음이 내 눈을 가리고 나에게 기어서 지나가라는 꼴을
　　나는 증오해왔다.
아니다, 죽음을 모두 맛보게 해다오. 옛 영웅들이었던
　　내 선배들같이 가서
공격의 정면에 맞서 순간적으로 즐겁게 인생의 빚인
　　고통과 암흑과 냉담을 갚게 해다오.

앞을 보라

갑자기 용감한 자에게는 극악의 상황이 최상이 되고
    암담한 순간은 끝이 난다.
그래서 자연의 폭위, 포효하는 악마의 목소리가
    줄어들고 어울려서
변하여 처음으로 고통 속에서 평화를 얻게 되며
    그때에는 광명이, 가슴이 벅차오리라.
오, 내 영혼 중의 영혼아! 나 그대를 다시 끌어안아
    그후로도 하느님과 더불어 있게 되리라.

캄파냐 초원에서 그대와 함께 로마 교외의 전원 지역

1

그대도 오늘 생각했는지.
순화된 가슴으로 땅을 밟기 위하여
우리가 풀밭에 앉아 손에 손을 잡던 이후에
내가 느꼈던 것처럼.
이 로마의 오월의 아침에.

2

나의 뇌리를 스쳐가는 어떤 생각
수없이 나를 애태우던,
(조롱하듯 우리 길 앞을 가로 친 거미줄처럼)
서로 포착하려고 애쓰다
놓쳐버린 기억이 있소.

3

그 기억을 붙잡게 해주오! 그것은
맨 처음엔 황폐한 고분의
갈라진 벽돌 사이로 뻗은 가지는
시들어버려 노래진 회향풀을 떠났소.
저 잡초가 공중에 뜬 거미줄을 쳐들었소.

4

그곳에 있는 조그마한 오렌지꽃 하나에
벌 다섯 마리가 모였소 — 눈을 감고 질투에 차서
꿀이 많은 화분 한복판을 더듬었소 ; 마지막엔
풀 자란 언덕 위 모든 것을 헤매며
난 그것을 쫓아갔소 . 꼭 잡아요!

5

사방 어디에나 양털같이 보드라운 잔디가
끝없이 길게 누운 초원!
정숙과 정열, 환희와 평화,
영원한 대기의 유동 —
로마 멸망 이후의 로마의 망령.

6

긴 세월 속에 이토록 찬연히 빛나는 생명
장난삼아 행한 이렇게 놀라운 기적들,
이렇게도 아름다운 원시의 발가벗은 꽃들의 자태.
하늘이 천상에서 바라보는 동안
이런 엄청난 자연의 자유분방함이여!

7

그대 의향은 어떻소? 오, 나의 비둘기여!
우리의 연정을 부끄러하지 맙시다.
대지가 저 하늘에 가슴을 드러내고 있듯이
우리 힘으로야 어�찌하겠소?
사랑하고 사랑하지 않음을.

8

당신의 모든 것을 소유할 수 있다면
더도 말고 지금 그대로의 당신을.
당신 것도, 내 것도, 노예도 자유인도 아닌 당신을!
잘못은 어디 있소? 어차피 겪을 아픔이라면
어떤 모진 상처인들 무슨 상관이겠소?

9

당신의 깊은 뜻을 따르고
당신의 눈으로 보고, 나의 심장을
당신의 심장 곁에서 뛰놀게 하고 ― 마냥
당신 영혼의 샘에서 마셨으면 ―
좋으나 그러나 당신 역할이 내 역할이었으면.

10

아니, 내 열망은 높은 곳에 있소. 당신 곁에 가 다독이고
그리고는 물러서려오. 당신 볼에 입맞춤하고
당신 영혼의 따스함을 전해 받고 — 장미를 꺾어
더 없이 사랑하고 —
그리고 황홀한 순간이 사라진다오.

11

이미 얼마나 멀리, 나는
저 순간에서 떠났나? 나는 가야 하나?
영원히 저 엉겅퀴 꽃술처럼, 거침없이, 앞으로,
산들바람이 불 때마다,
별의 인도도 없이?

12

이제 생각이 떠오를 듯하다.
그 생각의 거미줄은 어디로 갔나? 다시 사라졌구나.
또 그 속임수! 내가 안 것은 다만
무한한 정열과 동경하는
유한한 마음의 고통일 뿐.

마지막 승마

1

난 말했지 — 자, 사실이 그렇다면
드디어 이제 나의 운명을 알았으니
내 모든 사랑도 허사가 되었기에
내 인생 목표로 예견되던 것이 물거품이 되었기에
    어쩌면 운명의 장에 기록될 것 같소.
내 마음의 절망을 뛰어넘어
그대 이름에 자부심과 축복을 기원하오!
그대가 준 희망도 거두어 가시고
내겐 오직 추억만을 남겨 두시구려.
그리고 나무라지 않겠다면 단 한 가지
    나와 같이 마지막 승마로 이별해주오.

2

나의 애인은 놀라 눈을 치켜올렸었지.
연민의 정 때문에 부드러워지려 할 때
자존심이 가로막는 저 깊고 까만 눈동자는
잠시 나를 얼어붙게 하고 말았어.
생사의 기로에 와 있었어 — 옳거니!
내 몸에 다시 혈기가 솟아올랐지.
내 마지막 노력이 결코 헛된 것이 아니야.

마지막 승마

나와 그녀가 함께 나란히
함께 호흡하며 승마를 할 테니까
그래서 난 하루 신선 같은 기분이 될 거야
    오늘밤 세상에 종말이 아니라고 누가 단언하리?

        3
쉿 - 서쪽 하늘의 구름이
한눈에 태양과 달, 금성이 내려주는 축복을 받아
수없는 물결치며 활처럼 휘는 광경을 보았소?
이처럼 가장 아름답고 사랑스럽게 보이는 당신도
차츰 의식을 갖게 되어 정열이
구름과 석양과, 뜨는 달과 반짝이는 별빛을
그대 머리 위로 가까이 점점 끌여들였소 -
비로소 육신은 사라지고 하늘이 와 닿았지
그녀는 몸을 기대며 머뭇머뭇 - 기쁨과 두려움에
    이처럼 그녀는 잠시나마 내 품에 안기었다.

        4
이어 우리는 승마를 시작했다, 내 영혼은
밝아졌고. 오래 묻혀져 있던 두루마리가

마지막 승마

바람을 맞아 상쾌하게 펼쳐지듯이.
지난날의 소망은 이미 과거 속으로 사라지고
　돌이켜 왈가왈부하여 무슨 소용인가?
그때 이렇게 했더라면 이런 말을 했더라면
성공을 할 수도 실패도 있었을 것을,
그녀가 날 사랑해줄 수 있었을까?
혹은 미움이나 무관심으로 대했을까? 누가 알겠으랴!
최악의 상태에서 나는 어떤 모습이었을까?
　우린 지금 승마를 하고 있다. - 그녀랑.

　　5
말과 행동에 실수를 하는 것은 나만의 일인가?
아니야, 모두 노력은 하지만 성공하는 자는?
우리는 달렸다. 정신없이 날듯
양 옆으로 세상 풍경이 스쳐갈 때,
　마치 다른 세계에 와 있는 것 같았다.
나는 생각했어 - 모두 노력하고
그에 못지않은 실패에도 꿋꿋이 견디어내고 있다.
일의 결말을 관찰하라 -
이룬 일과 해결 없이 산적한 태산 같은 일

마지막 승마

희망을 지녔던 어제와 오늘의 현 상황을!
    그녀의 사랑을 얻길 바랐는데 ─ 지금 말 달리고.

                6
어떤 손과 머리가 짝이 맞는가?
어떤 가슴과 사색이 과감한 행동을 하는가?
어떤 행동이 생각과 일치를 이루었는가?
어떤 의지가 육체라는 장막을 느끼지 않던가?
    우린 달리고 난 그녀의 부푼 젖가슴을 본다.
손길이 미치는 곳에 많은 왕관이 있다.
10여행 속에 담길 뿐인 정치가의 전기!(1)
해골더미 위에 세운 깃발,
어느 군인의 업적! 그의 보상은?
사원의 묘비석에 그 이름을 남길 뿐!
    승마가 더 좋아 ─ 안될 일이지만.

                7
무엇을 의미하는 거요, 시인? 물론
당신의 두뇌가 고동쳐서 리듬이 되고, 그 많은
우리가 느낄 수 있는 것의 표현이오. 당신은 아름다운 것이

마지막 승마

가장 좋은 것으로 생각하는 것을 표현하오.
그건 상당일, 아니 굉장한 일이지요, 하온데,
인간에게 가장 요긴한 것을 당신은 갖고 있소?
당신은- 가난하고 병들어, 겉늙기 전에-
시 한 줄 써보지 못한 우리들보다
당신의 숭고한 세계에 근접해 보았소?
　　노래하라, 승마의 기쁨! 난 달릴 테요.

　　　　8
그리고 위대한 조각가여 ─당신은 그래,
한많은 세월을 예술에 몸바친 노예군요,
저게 당신의 비너스상이오, 하지만 우리는
여울을 건너는 소녀에게 눈길을 주고 있소.
　　그대 침묵함을 어쩌 내 한탄하리오!
음악가여! 악보와 내용도 없는 것으로
백발이 다 되어버린 그대
한 친구에게서 받는 찬사가 무슨 의미인가요?
"그 친구 오페라 선율은 대단하겠지만
우린 음악의 유행이 어떤 것인가 알고 있어!"
　　나도 젊음을 바쳤소, 결국 승마를 하고, 좋소.

9

무엇이 우리에게 적합한지 누가 알겠어.
이 세상의 행복이 내 존재를 숭고하게 해주겠다고
운명의 여신이 계약을 했더라도
그리고 내가 계약서에 서명을 했더라도
역시 우리는 저 세상을 보고 살아야 하며
어렴풋하나마 품고 죽을 행복을 가져야 하오.
내 발걸음이 일단 종착점을 향해 내디뎠고
세속의 빛나는 꽃다발이 내 영혼을 감쌀 때를,
내가 시험해볼 수 있을지? 시험삼아 해봐!
난 소름끼쳐 그런 모험에 도전할 수 없어
현세가 이렇게 좋다면 천국 역시 그만이겠지
    지금 천국과 그녀는 이 승마의 피안에 있는 것을.

10

도대체―그녀는 오래도록 침묵하고 있다.
아름다운 여인과 건강한 남자가 인생의 황금기에
인생의 꽃을 처음 발견한 곳으로 가서
우리의 눈을 돌려서 영원히 틀어박혀
우리가 살 수 있는 곳 있으면 천국이겠어.
우리 이대로 계속 달려보면 어떨까? 우리 둘이

마지막 승마

항상 영원한 속에 새로움이 보태지고
본질은 변치 않고 겉모습만 바꿔가며
순간을 영원화하며—
하늘만이 나와 그녀가 말을 타고 나란히하며
영원히 함께 하리라는 것을 밝혀주리라.

어느 여인의 마지막 말

1

이봐요, 우리 이제 다투지 맙시다
싸우지도 말고 울리지도 말자구요.
여보, 예전과 같이 지냅시다
— 주무시기만 하세요.

2

말처럼 무서운 게 또 어디 있을까요?
저와 당신이
언쟁을 할 때는 마치 새들과 같답니다.
가지 끝에 앉은 매!

3

그 놈이 말없이 걸어오는 걸 보세요,
우리가 말다툼하는 사이!
말을 그만두고 조용히 합시다.
볼에 볼을 대고서.

어느 여인의 마지막 말

4

진실처럼 거짓된 것이 또 있겠어요?
당신에게 말인데요
뱀 <이빨> 있는 곳의
나무를 피하셔요. ―

5

사과가 붉게 잘 익은 곳을
절대 들여다보지 마세요
우리가 우리의 에덴 동산을 잃지 않도록,
이브와 나를.

6

신(神)이 되어 나를 잡아주세요.
매력의 화신이 되어 !
사나이가 되어 나를 포옹하세요,
당신의 팔로.

어느 여인의 마지막 말

7
사랑을 말해요, 오직 사랑만을
그러시면 당연히
당신의 말대로 따르렵니다.
당신의 생각대로 해도 좋아요.

8
당신이 요구하신다면
두 가지 요구에 응하겠어요.
육체와 영혼을 맡기지요 —
당신의 손에.

9
내일 그렇게 하겠어요
오늘 밤은 말고.
슬픔을 씻어버려야지요
보이지 않게.

10
이제 눈물을 보여야겠어요, 여보,
(바 보)
울면서 잠들어야겠어요, 여보.
당신의 영원한 사랑을 받으면서.

폐허에서의 사랑

1

노을이 물드는 저녁의 끝이 미소짓는 곳,
　　　멀리 멀리
쓸쓸함이 번지는 목장에는 양떼가
　　　졸음에 겨워
황혼 속에 우리를 찾아 방울소리 울리며 한눈을
팔거나 없어지기도 하며
　　　풀을 뜯기도 하며—
이곳은 오랜 옛적 위대한 풍요의 도시가 서 있던 곳
　　　(전하는 말로는)
나라의 수도가 여기 있었고 커공자들이
　　　대를 이어서
정치를 하고 의회를 열기도 하던 곳, 평화나 전쟁이라는
　　　대권을 휘두르며.

2

지금—이 땅에는 나무 한 그루 자랑할 것이 없다.
　　　보다시피.
푸른 구릉을 알아볼 수 있는 표시로 언덕을 흐르는
　　　실개천이
가로질러서 이름이나마 남겼나 보다.

(그것이 아니고선 합쳐 하나로 되었으리라.)
그곳은 돔을 가진 궁성이 뾰족한 탑을
　　보란 듯이 우뚝 세우고 있었다.
대리석으로 꾸민 일백의 성문이 달린 성벽은
　　사방을 굽이돌아 있고
열두 사람이 그 위를 비좁지 않게
　　지날 수 있었다.

3
진정 그런 풍요와 극치는 풀로
　　이룬 것은 아니었지!
이 여름철 생각만으로 해보는 도시의 모든 유적을 ―
　　그루터기와 초석을
모조리 덮어서 깔고 있는 풀과 같은
　　카펫은 아니었지 ―
사람들이 떼를 지어 기쁨을 나누던 곳
　　그 옛날엔
영광의 탐욕이 가슴을 찌르고 수치에 대한 두려움이
　　숨을 죽이던 곳.
그 영광 그 수치심이 모두 황금 때문에

팔리고 말았다.

4
지금― 이 초원에 남아 있는 단 하나의
　　　작은 포탑엔
백화채 나무뿌리가 얽혀 있고 수세미 넝쿨이
　　　기어오르고 있다.
또, 점점이 핀 수선화의 꽃은
　　　틈바구니에서 미소짓는데―
그 옛날 웅장한 탑이 솟아있던 주춧돌은
　　　흔적만이 남았고
또, 전차 경주자가 그 주위를 달리며
　　　불꽃 튀기던 경기장도
관람하던 제왕과 대신, 귀부인들도
　　　간 곳이 없다.

5
이렇게 고요히 물드는 오후가 손짓하며
　　　지극히 평화로이
방울소리 요란한 양떼를 그 우리로

떠나 보내고
구릉과 실개천이 식별할 수 없는 잿빛 속으로
　　　　잠겨버릴 때—
나는 알고 있다, 정열에 불타는 눈의 금발 소녀가
　　　　나를 기다리고 있다는 것을.
그 포탑에서는 그 옛날 전차 경주자가 제왕 앞에서
　　　　결승점을 향해
기운을 북돋우던 곳, 지금 그녀는 숨죽이고 말없이 바라본다,
　　　　내가 올 때까지.

　　　　6
그러나 제왕은 속속들이 도시를 바라보았다.
　　　　끝없이 먼 곳까지.
사원들이 우뚝 솟은 봉우리의 산들과 골짜기의
　　　　주랑들과
모든 두덩길과 다리와 수도를 — 그리고
　　　　또 모든 신하들을 보았었다.
내가 드디어 갔을 때, 소녀는 말없이 서서
　　　　손을 들어
내 어깨에 얹고, 처음 눈으로 내 얼굴을

폐허에서의 사랑

　　　끌어안으리라.
우리가 달려들어 눈으로 보거나 말을 못할 정도로
　　서로서로 끌어안기 전에.

　　　7
한 해에 그들은 백만의 군사를 보냈다.
　　　남으로 북으로.
또 그들의 신들을 위해 하늘을 찌를 듯한
　　　청동의 원주도 세웠다.
그러면서도 정예 일천의 전차는 예비로 두었었다 —
　　　그것은 물론 황금의 힘이었다.
오, 가슴이여! 오, 얼어붙은 피여! 타오르는 피여!
　　　몇백년의
우행, 소란, 죄악에 대한 업보가 이것이구나.
　　　모든 것을 묻어버려라.
그들의 승리와 영광과 그 외 모든 것을
　　　사랑이 지상(至上)이다.

안드레아 델 사르토*

-「완벽한 화가」로 불리는

* 르네상스 시대의 재주있는
화가였으나, 기대와는 달리
대성하지 못하였다.

하지만 이제 우리 더 이상 다루지 맙시다,
아니, 나의 루크레치아 ; 한번만 너그럽게 봐줘요.
자, 앉아요, 소원대로 해주겠소.
얼굴을 돌리는데, 당신 마음도 토라졌소?
당신 친구의 친구를 위해 그림 그릴 테니, 염려마오,
그의 화제를 그의 원대로 해주고,
그가 원하는 시간, 부르는 값에 해주지.
그리고 받은 돈은 이 조그만 손에 넣어주리다.
그런다면 마음을 돌리겠지. 그러겠소? 부드럽게?
아, 그의 요구를 들어주지.─하지만 내일은, 여보!
난 당신 생각보다 훨씬 피곤할 때가 있어요,
여느때보다 오늘 저녁이 더 그렇소, 정말이오.
만약─용서한다면─당신을 여기 앉게 하고
당신과 손을 꼭 잡고 여기 창가에 앉아
30분만 피에졸레 언덕을 바라보게 해준다면,
한마음이 될 거야, 결혼한 사람처럼,
고요히, 고요히, 한 저녁을 보내시며,
난 이전처럼 일찍 일어나 내일 일을 할 거요
명랑하고 상쾌한 기분으로, 자, 그렇게 합시다.
내일이면 당신의 행위에 자긍심이 들 겁니다.

안드레아 델 사르토

당신의 부드러운 손 자체가 여인의 상징이군요.
내 손은 그 손이 파고든 남자의 황량한 가슴.
시간을 낭비했다 생각지 말아요 : 우리가 필요한
다섯 장의 그림을 그릴 때마다 모델이 필요하오 -
모델이 필요없게 되었소, 좋아! 계속 바라봐, 그렇게
도사리고 있는 뱀처럼 아름다운 내 사랑!
― 어떻게 저 완전한 귀에 구멍을 낼 수가 있소,
거기에 진주를 달기 위한다 해도! 오, 귀여워라 -
나의 얼굴, 나의 달, 나의 만인의 달,
만인이 자기 것이라고 말하는 달,
또한 만인이 너나 없이 바라보는 달,
그녀가 바라보는 동안 - 누구의 소유도 아닌 거야 -
하지만 참 귀여워 -
당신 미소짓네, 아 즉석에서 완성된 내 그림!
바로 이것, 우리 화가들이 조화(調和)라 일컫는.
잿빛 세상을 은빛으로 물들이고 있지. -
모든 것이 황혼에 싸여 있소, 당신과 나도.
당신은 나에 대한 최초의 긍지의 순간을
(그건 이미 사라졌잖소.) - 그러나 나는 모든 순간을
내 청춘과 희망과 예술은 모두 차분하고 유쾌한

피에졸레 언덕의 색조처럼 부드러워졌으니까.
저 교회 종탑에서 종소리가 울리고 있어요 :
길 건너편 수도원의 긴 담장이 정원의 수목들을
좀더 안전히 감싸 안쪽으로 모으고.
마지막 수사가 정원을 떠나오, 낮은 짧아오고
가을이 짙어가는군, 모든 것이 가을이오.
안 그래? 전체가 하나로 동화되는 것 같소.
흡사 나의 일과 자신을 그리고
내 타고난 업과 사명의 모든 것을 보는 듯이,
황혼의 정경. 여보, 우린 신의 손 안에 있소.
그가 우리에게 내린 이 삶의 순간이 얼마나 신기하오?
우린 자유로워 보이나 실상 무한히 속박된 존재요.
이 굴레는 신의 섭리라 생각되오, 이대로 살아갑시다.
예컨대 이 방 — 머리를 돌려요 —
우리 뒤에 있는 모든 것! 당신은 이해할 수 없지.
내 예술을 알려고도, 이해하려고도 않겠지만,
적어도 사람들의 말을 들을 수는 있을 거요.
문에서 두번째에 있는 저 소묘
— 그건 걸작이오, 여보, 걸작이어야 하고 말고 —
진짜 마돈나라고 감히 말할 수 있소.

나는 내 화필로 내가 아는 것을 그릴 수 있소.
내가 보는 것을, 내 가슴 저변에서부터
만일 내가 깊이 원한다면 ─ 내가 하고자 하는 것을
아주 날렵하게 ─ 더불어 섬세하게.
내 자랑이 아니오, 당신 자신이 판단하시오.
당신은 지난 주 교황특사의 말을 들었으니까,
프랑스에서도 다들 그렇게 얘기하오.
어쨌든 쉬운 일이오, 모두,
먼저 스케치 없이, 사생화(寫生畵), 그건 옛날 일이오,
나는 많은 화가들이 일생 꿈꾸는 것을 해요,
─꿈이라고? 하려고 애쓰고 고민하는 거지.
그리지 못하는 것을, 이런 부류들을
당신이 열손 꼽아 둘도 셀 수 없을걸.
애쓰는 자들 ─ 어떻게 애쓰는지 당신 모를 거요.
가령 당신이 옷깃을 펄럭이며 지나다 무심코 더럽히
그런 따위를 기를 쓰고 그리지 않나 ─
대체 그들은 기술이 훨씬 낮은 것을 그리고 있소.
(그의 이름은 알지만, 상관없소)   너무 형편없다더군.
헌데, 그게 더 빛나. 루크레치아! 나는 욕을 듣소.
그들 속에선 진정한 하느님의 불길이 타고 있어요.

안드레아 델 사르토

고뇌로 꽉 찬 고동치는 머릿속에서,
심장 속 등등에서, 이 맥박 수가 적은
장인(匠人)의 손을 계속 자극하는 곳에서보다 더.
그들 작품은 땅에 떨어지오, 하지만 난 알아요,
그들은 내겐 닫힌 천국에 자주 도달함을
천국으로 들어가서 자리를 잡고 있음이 분명해.
돌아와 세인들에게 말은 못해도.
내 작품도 천국에 가까운데, 여기 앉아 있다니.
그자들의 급한 성미란! 말 한 마디에-
칭찬해도 부글거리고 비난해도 끓어오르니.
나, 내 생각과 내 의사대로 그리므로
내 행위를 알고, 남의 비난이나
칭찬 따위에 무신경이오. 누가 말했지
그곳에서 본 모델로 산의 윤곽이 틀렸다,
색채가 잘못되었다, ─그게 어떻다고? 어떤 이는
잘 그렸다, 구도가 좋다 ─ 그게 무엇이관데?
멋대로 지껄이렴, 산 자체가 무슨 탓이냐,
인간이란 능력 이상의 것을 추구해야 하오.
안 그러면 하늘은 왜 존재해, 내 기술로 모든 게
은백색이고 평온하고 완전하오, 그럴수록 나쁜 거요.

나는 내 결점도, 고쳐야할 점도 알고 있어요.
하지만 "내가, 다른 사람과 나 자신, 즉 두 사람이었다면
우리 머리는 세계를 굽어볼 수 있었을 것"이라는 걸 알고
한숨 쉰들 그 무슨 소용이 있겠소, 물론이오.
저기에 오년 전에 작고한 우르비노 인(人),
저 유명한 젊은이의 작품이 바로 여기 있소.
(이건 복사품이오, 조지 바사리가 내게 보냈소.)
국왕과 법왕이 보는 앞에서 그의 전 영혼을 쏟으며,
하늘이 그에게 다시 기운을 주실 수 있도록
그의 능력으로는 엄두도 못낼 작품을
그가 어떻게 그렸는지 상상할 수 있소.
저 팔이 잘못 붙었어 — 다시 또 그 얘긴데,
회화의 선, 말하자면 그 육체에는
결점이 있소, 하지만 그 영혼은 옳소.
그의 의도가 옳단 말이오, — 그건 어린애도 알 수 있소.
그렇다 해도 저게 무슨 팔이람! 나라면 고칠 수 있을걸.
한편 그 생동력, 통찰, 그 각고(刻苦) —
모두 내 능력 밖이오, 능력 밖이란 말이오! 왜냐꼬?
당신이 그것들을 내게 부여했더라면, 영혼을 주었으면,
당신과 난 라파엘의 위치까지 오를 수 있었을 텐데!

여보, 아니야, 당신은 내가 요구한 것 다 주었소.—
내 공로 이상으로, 그렇소, 몇십 배나,
하지만 만약 당신이 — 오, 그 완벽한 이마,
빛나는 눈, 아름다움 이상의 입,
내가 사냥꾼의 피리를 듣듯, 내 영혼이 듣고
덫 잊는 곳까지 따라갈 조용한 목소리 —
당신이 이런 것과 함께 영혼도 가지고 왔다면,
그런 여자도 있지, 그 입술이
" 신과 영광을 구하세요, 물질 같은 것 조금도 생각 말고.
내세에 비긴다면 이까짓 현세가 뭐예요?
명성을 위해 사세요! 미켈란젤로와 나란히!
라파엘이 기다리고 있어요, 세 분 모두, 하느님께!"라고
격려했더라면, 당신을 위해 그럴 수도 있었을걸. 그런 것 같소.
그렇지 않을지도 몰라, 매사는 하느님의 뜻이지.
자극은 또한 영혼 자체에서 오지.
다른 것은 소용없어, 왜 당신이 필요하겠어?
라파엘에게 무슨 아내가 있고, 미켈란젤로는 있었소?
이 세상에서 재능있는 자 결혼하려 않고
결혼을 하려는 자 능력이 없음을 알았소.
하지만 하려는 의지가 중요해 — 능력도 중요하지—

안드레아 델 사르토

하므로 우리 반쪽의 인생은 몸부림치지, 종국에
하느님이 심판을 하시지, 이게 내 결론이오.
만일 하느님의 심판이 엄격하시면, 내가 이 땅에서
약간 과소평가받는 게 보다 안전해.
사실인즉, 난 오래도록 비참한 멸시를 받아왔어.
알겠소? — 온 종일 문 밖 출입할 용기가 없음을.
우연히 파리 귀족들과 만날까 두렵소.
그냥 지나치거나 외면할 때 가장 좋소.
그러나 말을 할 때가 있소; 난 죄다 참아야 하지.
말하는 것도 무리가 아니오, 프랑시스 왕, 첫번째,
퐁테인느블로의 긴 즐거운 일 년!
난 정말 그때 지상을 떠나
라파엘의 평상복인 영광의 옷을 입을 수 있었소 —
자비로운 대왕의 총애 속에서.
한 손은 당신의 턱수염 혹은 미소를 짓는,
입의 멋진 표적 위의 굽슬대는 수염에 대고,
한 팔은 내 어깨와 목을 감싸고,
금줄을 내 귀에 대고 찰랑거릴 때,
그의 숨결을 받으며 자랑스레 그림을 그렸지.
문무백관들이 경이롭게 바라보더군.

79

너무 솔직한 프랑스인의 눈, 너무 큰 영혼의 불길이
넘쳤어, 내 손은 저들의 가슴 옆에서 바삐 움직였소,―
무엇보다 저 너머의 이, 이, 얼굴,
배경에서 내 작업을 지켜보는
마지막 상으로 결말을 장식할 이 얼굴!
좋았었지, 안 그렇겠소, 왕자와 나의 날들이?
당신이 초조해 하지만 않았으면 ― 알겠소 ―
그건 과거지사; 잘했다고 내 직감이 말했어;
그 삶은 너무 사치했어, 황금색이지 회색이 아니야―
태양의 유혹에 끌려 창고 바깥으로 나가선 안 되는
시력이 약한 박쥐; 창고의 벽 안에 닫힌 세계에서
어떻게 다른 방도가 있을 수 있겠소?
당신이 날 불렀기에, 당신의 품으로 돌아왔소.
승리는 ― 거기에 돌아와 머무르는 것이었소.
승리하기 전에 그곳에 도착하였으니, 잃은 것이 무어요?
황금처럼 빛나는 두발 속에 묻힌 당신 얼굴을 내 손으로
감싸게 해주오, 내 사랑, 아름다운 루크레치아!
" 라파엘은 이걸 그렸고, 안드레아는 저걸 그렸어,
이 로마인의 그림은 기도드릴 때 더 좋지만,
후자의 동정녀는 자기 부인이었지 ― " 라고

사람들은 날 두둔해줄 거요, 당신 앞에서 두 그림을
평가하게 되어 기쁘오. 내 운수가 더 좋다는 사실이
점차 명백해진다고 생각하기로 결심했소.
왜냐하면, 루크레치아, 이걸 확실히 알아두구려.
어느 날 바로 미케란젤로 자신이 말했소,
라파엘에게 말이오-이제껏 나 혼자만 알고 있었지-
(그 청년이 로마가 볼 수 있도록 궁전 벽에
자기의 생각의 불꽃을 터뜨리고 있을 때,
그것 때문에 정신이 너무 고양되어서)
" 노형, 우리 프로렌스를 휘젓고 다니는 어떤
형편없는 청년이 있소, 아무도 주시하지 않지요,
하지만 노형처럼 법왕들과 국왕들의 권유로
본격적으로 계획하고 실천하기 시작한다면
노형 이마에 진땀이 날거요!"
라파엘의 이마에!-정말 저 팔이 잘못되었어.
난 감히 수정할 용기가 없지만-당신에게 보여주고자
여기 분필칠을 하오-빨리-그 선은 이래야 해!
그렇다 해도 정신에 있어선 역시 라파엘이야! 지워버려,
하지만 만일 그 분의 말이 사실이라면
(그가 누구냐고? 아니, 미케란젤로가 아니고 누구겠소?

그와 같은 얘길 벌써 잊어버렸소? ”
정말 이런 절호의 찬스를 잃어버린다면,
내가 관심을 가지는 것은 다만 당신이
감사히 여기는 것이 아니라―좀더 기뻐하느냐 하는 거요.
내가 그렇게 생각하게 해 주오· 당신 정말 미소짓는군!
진실로 보람있는 한 시간이었소! 또 웃는군!
당신이 밤마다 내 곁에 있어준다면
일을 더 잘할 수 있을 거요. 무슨 말인지 알겠소?
돈을 더 벌어 갖다줄 수 있다는 뜻이오,
보시오, 어둠이 내리고 별이 나왔소.
모렐로 산도 가고, 조망등에 성벽이 나타나는군,
부엉이는 자기 이름을 부르고.
여보, 창에서 이리 와요 ―이젠 들어와요.
우리가 그렇게도 즐겁게 살려고 지은
우울한 작은 집으로. 하느님은 공정하고 의로우시지요.
프랑시스 왕은 나를 용서하실 거요―밤에 눈이 피로하여
그림에서 눈을 뗄 때면 벽이 빛나
벽돌 하나하나가 선명해져요.
시멘트 대신 현란한 금빛으로 말이오.
내가 궁벽을 칠한 폐하의 황금빛으로!

우리 서로 사랑하기만 합시다, 당신 나가야겠소?
또 사촌이 왔다고? 밖에서 기다리오?
당신을 만나러 — 당신만? 빚 때문에?
노름빚이 더 있나요? 그래서 웃었소?
좋아 미소로 나를 사요, 팔 미소가 더 있소?
손과 눈, 그리고 약간의 심장이
남아 있는 한 입은 내 상품이오, 내 입값이 얼마요?
엄청난 값을 주겠소, 당신은 무모한 짓이라지만,
이 황혼이 다하기까지 앉아, 내가 프랑스에 돌아간다면
내가 어떻게 그림을 하나 더, 더, — 동정녀 마리아의 초상
이번엔 당신 얼굴이 아니오 — 그릴 수 있을까를
차분히 명상하게만 해주오. 당신이 내 곁에서
사람들 — 미켈란젤로 말이오 — 이
내가 그린 모든 작품을 평가하고, 당신에게 그 가치를
이야기하는 것을 들어주기 바라오.
그래주겠소? 내일 당신 친구를 만족시켜요.
그의 회랑(回廊)을 위한 화제(画題)를 수락하지.
초상화를 금방 그려주겠소. — 자, 자,
친구가 이의를 제기하면 한두 가지 더
끼워주리다. 이거면 사촌의

안드레아 델 사르토

변덕값을 지불하기에 충분할 거요. 그밖에
이보다 좋은 것, 그리고 내 유일한 관심사는
그 주름옷깃 값으로 당신에게 13스쿠디를 벌어다주는 일.
여보, 만족하겠소? 아, 한데 친구는 무엇을 하길래,
사촌 말이오! 무엇으로 당신을 더 만족시킨단 말이오?

나는 오늘밤 노인처럼 마음이 평화로워졌소.
나는 후회하지 않아요, 내 삶을 바꿀 맘도 더욱 없고.
프랑시스 왕의 우혜를 저버린 죄—내가
폐하의 돈을 가지고, 유혹을 받고 넘어가
이 집을 짓고 죄지은 것은 사실이지, 그것뿐이오.
그건 그렇지만 내가 돈이 있었소? 어떻게 부자가
되는지 알잖소! 누구든 제 운명의 책임이 있고, 그들은
가난하게 났고, 살았으며, 가난하게 돌아가셨소.
난 한창 때 열심히 일하느라 했지만
그처럼 후한 보수는 받지 못했소. 효자한테
그림 200장을 그려 보라지!
물론 보상되는 점이 있긴 하오, 그래요.
당신이 날 충분히 사랑했소, 이 밤 그렇게 느껴져요.
이승에선 이걸로 만족해야지 무얼 더 바라겠소.

안드레아 델 사르토

천국에서는 아마 새 기회, 다시 한번 기회—
레오날드, 라파엘, 미켈란젤로 그리고 나를
보호하고자 천사가 잣대로 양쪽을 잰
새 예루살렘의 콘 네 벽이 있을지도 모르오.
첫 세 사람에겐 부인이 없지만
난 있소! 그러니—여전히 그들이 탁월하오
여전히 루크레치아가 있으니까, —내가 선택한 길이오.

다시 사촌이 휘파람을 부네! 나가 봐요, 내 사랑.

* 요한 계시록 21:10~21 참고.

랍비 벤 에즈라

유명한 유대교 율법학자이자
천문학자. 철학자. 시인.
(1902-1167).

1

우리 함께 늙어가자꾸나.
최고의 시간은 미래에 있나니
인생의 초년은 후년을 위해 주어진 것.
우리의 시간은 창조자의 손에 있으매,
그가 말하기를 " 나는 저 우주를 거쳐 왔도다.
청춘이란 순간에 불과한 것. 하느님을 믿으라.
기나긴 삶을 두려워 말라."

2

아름다운 꽃을 따며 청춘이 한숨 쉬고,
어느 장미를 우리 것으로 만들까?
어느 백합을 놓아두고 좋았다고 회상할까? 라거나
목성도 화성도 싫어
내 별은 이 별들을 모두 혼합하고 초월하는
어떤 상상적인 화염이 되어다오! 라면서
별들을 경탄하며 동경하기 때문도 아니야!

랍비 벤 에즈라

                3
청춘의 짧은 해들을 소멸하는
이런 희망과 공포 때문에
내가 항의하는 것이 아니다. ─ 천만에.
오히려 난 그것을 더 소중히 여겨.
하등동물이란 그것 없이도 존재하지.
영의 불꽃 때문에 고통받지 않고 사는 완결되고 한정된
  흙덩어리.

                24
적은 행동 속에
포용할 수 없었던 사고들
언어를 뚫고 달아나는 상상들
내가 결코 다다를 수 없었던 목표들
내가 가지고 있지만 인간들이 무시했던 온갖 것들,
이것은 하느님께 가처있는 내 장점들이었다.
그분의 녹로**는 물병을 만드셨다.

* 유대교의 율법학자로서 여러 학문에 조예가 깊은 사람.
** 녹로: 이사야서 64:8 (성경)

26
그렇지, 그 도공(陶工)의 녹로란
그 은유에 주목하라! 그리고 느껴라
왜 시간이 빨리 가고, 흙(육체)이 가만히 누워 있는가를…
술잔이 돌아갈 때,
"인생은 유수 같다! 만물이 흐르고 과거로 돌아가니,
노세 노세 젊어 노세!" 라는
바보들의 제의를 받는 그대여!

27
바보! 존재하는 만물은
영원히 이어진다. 돌이킬 수 없이.
땅은 변해도 그대 영혼과 하느님은 굳건히 서 있으리.
그대 속에 있는 영혼은 ─
그것은 과거·현재·미래에도 있으리라.
시간의 녹로는 후퇴하거나 멈추어도
도공과 흙은 영원할 것이다.

포필리아의 연인

이른 저녁부터 비가 내리더니
스산한 바람도 함께 불어왔지.
심술궂은 바람이 나뭇가지를 흔들고
악을 쓰며 호수를 할퀴울 때,
나는 혼란한 정신으로 귀를 기울였지.
그때 살며시 포필리아가 찾아왔다.
곧장 문을 닫고 추위와 비바람의 접근을 막았어.
그녀는 무릎을 꿇고 사그라지는 난로를
활활 타오르게 하고 실내의 기온을 높이더군.
그리고는 일어나 물에 젖은 외투와 솔을 벗고
더러워진 장갑을 벗어 옆에 놓아두고
모자끈을 풀고 물기 젖은 머리칼을 쓸어내렸어.
그제서야 내 옆에 다가와
내 이름을 불렀지. 대답이 없자,
그녀는 내 팔을 끌어 자기 허리에 감고
매끈한 어깨를 드러내며 금발을 젖혔지.
허리를 굽혀 뺨을 갖다대고는
머리카락으로 덮으면서 사랑한다고 속삭였어,
정말로 사랑한다고.
하지만 자기는 약한 마음 때문에

몸부림치는 연모의 정을 허욕에서 끊고
영원히 나에게 모든 것을 바칠 수가 없었다고.
하지만 언젠가는 불붙는 정열이 승리할 때도 있어.
오늘밤 즐거운 파리에 가 있으면서도
자기에 대한 사랑 때문에 애태우는
나에 대한 생각을 지울 수가 없었다며
비바람을 무릅쓰고 달려왔다 했지.
비로소 올려다본 그녀의 눈에는
기쁨과 행복으로 충만해 있음을 알았지.
그녀의 사랑을 발견한 내 가슴은 두근거렸어
지금 이 순간 그녀는 내 사랑
한없이 곱고 순결한 내 사랑이 될 거야.
가슴을 진정하고 내가 취할 바를 궁리했어
나는 그녀의 금발을 두세겹 꼬아선
그녀 목에 둘러감아 졸라보았지.
조금도 고통을 느끼지 못하는 빛이야
한 마리 꿀벌이 꽃봉오리를 열듯
조심스레 그녀의 눈꺼풀을 열었더니
한없이 파란 눈동자가 웃음지었어.
그녀 목에 감긴 머리채를 풀고

그녀 뺨에 뜨거운 키스를 해주었더니
발그스레하게 홍조를 띠었어.
그녀 머리를 받쳐주자 내 어깨에 머리를 기대왔어.
치렁치렁한 머리를 길게 늘어뜨리며
새 생명을 머금은 듯한 그 황금빛 머리.
최대의 소원을 이룬 기쁨에 즐거워한다.
세상의 모든 경멸과 조소는 사라지고
그토록 바라던 사랑인 나를 얻었으니!
포필리아의 사랑 — 그녀가 짐작이나 했을까?
고이 간직한 소원이 이뤄질지 알지 못했다.
그런데 우리는 지금 이렇게 같이 앉아 있다.
기나긴 밤 내내 조용히 앉아 있다.
서로가 아무 말 없이 —
하느님도 침묵하신다.

나의 전처 공작 부인
~페라라~

페라라 공작이 재혼을 위해
중매인에게 전 부인의 그림을
설명하는 극적 독백 형식의 시.

저 초상화는 내 전처의 그림입니다.
마치 살아 있는 모습과 같지요. 나는 이 작품을
아주 걸작으로 생각합니다. 판돌프 수사의 손이
어느 날 하루 종일 움직이더니, 이렇게 그녀의 그림이
완성되었소.
앉아서 그림을 보시겠소? 나는 일부러
「판돌프 수사」라 얘기했소. 당신과 같이 처음으로
이 그림을 보는 이는 그림에 담긴 용모,
불타는 듯한 깊은 정열의 시선을 보고
반드시 나를 향해 (내가 아니면 내가 당신을 위해
열어젖힌 막을 누구도 열 수 없으므로)
감히 그럴 용기가 있다면 물어볼 듯한 표정
어떻게 저런 눈초리가 생길 수 있느냐고.
이렇게 반문하고자 하는 이가 많습니다.
공작부인의 얼굴에 떠오른 저 기쁨의 홍조는
꼭 자기 남편 때문만은 아닙니다. 어쩌면
판돌프 수사가 "부인의 망토가 팔목을 너무 많이
덮었습니다"라고 하거나, "그림만으로는 부인의 목에
드러난 연한 미소를 재생시킬 길이 없습니다" 라고
말했을지 모릅니다. 이런 말투를 공작부인은

예의있는 말이라 생각하고, 기쁨의 홍조를 띨 만한
것이라 생각되오. 그녀는
너무 쉽게 기뻐하는 — 표현할 길은 없지만 —
아주 간단히 감동받는 타입이오. 그녀는 무엇이든
눈에 띄는 것을 좋아했고, 아무 것에나 눈길을 주었소.
선생, 언제나 그랬죠. 내가 선물한 가슴의 장식,
서쪽 하늘에 물드는 저녁노을,
어떤 멍청이가 과수원에서 꺾어다준 나뭇가지,
테라스 위를 타고 돌아다녔던 하얀 망아지,
이 모든 것들이 그녀에게 기쁜 홍조를 가져다 주었소.
그녀는 나를 고맙게 생각했습니다.
그건 좋습니다. — 하지만 뭐라 할까
어쩐지 — 잘 모르긴 해도 — 마치 그녀는
9백 년의 전통을 가진 가문의 선물을
아무 녀석의 선물과 같이 취급하고 있소 — 나 원,
이런 자그만 일을 꾸지람하자니 — 말재주라도 있으면
나의 의사를 분명히 밝혀 " 당신의 이런 행동은
나를 실망시키고 아주 저급한 짓이다"라고 한다면
그녀가 그것을 순수히 받아들여 맞서서
다투려 하지 않고 변명이라도 한다면 말입니다.

그것조차 구차한 일이오. 그래서 난 결심했소.
더욱 구차스런 일은 하지 않기로 말이오.
선생, 의심할 여지도 없이
내가 지나칠 때면 미소를 보냈소, 하지만 누가
그런 미소를 받아보지 않았겠소, 이런 일이 심했지요.
나는 명령을 했습니다. 미소가 사라졌어요.
저기에 그녀가 마치 살아 있는 듯이 서 있군요.
선생, 일어나실까요? 다음에
아래층으로 내려가 많은 사람을 만나죠. 되풀이하지만
백작이신 당신 영주의 후한 명성이
결혼예물에 대한 부당한 요구가 없으리란 보증이 되오.
처음 분명히 밝힌 것처럼 나의 목적은
그분의 귀여운 딸입니다. 자 함께
밑으로 내려가죠, 그런데 잘 보시오. 이 넵튠 해신상을!
해마를 길들이는 모습인데 진품 같아요.
인스부르크의 크라우스가 날 위해 제조한 청동상이오!

수사(修士) 립포 립피

미안하지만 난 초라한 수사 립피요!
내 얼굴에 횃불을 바싹 갖다대지는 마시오.
제장, 뭐가 잘못됐소? 수사처럼 보인다고!
뭐? 자정이 지나 순찰중에
여기 추파를 던지는 여인들이 살짝 열어 놓은
막다른 골목에서 나를 붙잡았다고?
나의 수도원은 칼민일세 : 가서 수색하여
끌어내게, 자네의 열성을 보이려면,
엉뚱한 구멍에 들어간 숫쥐들을 전부 그리고
그들과 밀애하려 기어든 보들보들한 작은 흰쥐까지
하나하나 잡아 쩍찍 소리를 내게 하라구!
아, 자네들 상전을 알겠다고? 그렇다면,
내 목을 만지작거리는 이 손을 치우고
날 앞아 대접하게나, 내가 누구냐고?
아, 삼거리 저편 친구네 댁에 묵고 있는 사람이지—
그 친구는 아무개인데 — 뭐라더라?
대감—아…. 메디치가(家)의 코지모 씨지,
모퉁이 집이라네. 어이, 손을 치워주게나!
잊지 말고 나를 불러주게, 내가 꼭 필요할 때,
어떻게 함부로 멱살을 잡을 수 있던가!

수사(修士) 립포 립피

하지만, 순찰대장, 당신 부하들이 예를 배워
당신 체면을 세워줄 책임은 당신에게 있소!
제장, 우리가 피라미요? 거리를 휩쓸며
그물에 걸려든 건 죄다 정당한 노획품으로 보니!
그 자 영락없는 유다야, 저 친구 말야!
꼭 유다 같은 얼굴이야! 아, 당신, 사과하는군.
천만에, 나 화나지 않았어! 자, 이 돈으로
당신 부하들 막걸리나 마시라 하오! 나를
(그리고 그밖에 모든 사람들을!)
후원하는 선심많은 메디치 가(家)를 위해 잔을 들며
자, 이제 모두 피장파장 됐소. 난 저 친구의 얼굴을 -
창과 호롱을 들고 문 안에 있는 동료를 밀치고 있는 저 얼굴.
한 손에 세례 요한의 머리를, 머리칼을 쳐들고,
("자, 보게!" 라고 말할 사람같이 말야)
다른 손에는 아직 피도 닦지 않은 무기를 든 종놈의 모델로
삼고 싶단 말일세.
분필 조가이나,
숯 같은 거 없소? 있다면 당신에게 보여줄 수 있을 텐데.
그렇소, 난 바로 화가요, 당신이 날 그렇게 부르니 말이오.
뭐라구, 수사 립피가 여기 저기서 그린 작품을

수사(修士) 립포 립피

당신이 안다고? 마음에 든다고? 정말 그런 것 같군!
당신 눈이 빛나는 걸 보았으니까.
정말, 처음부터 당신 표정이 내 맘에 들었소.
자, 우리 엉덩이를 맞대고 앉아 자초지종을 말해봅시다.
여기 봄은 오고, 시간은 무리지어
거리를 누비며, 노래를 부르며 사육제를 즐기는 밤.
그런데 난 삼주간이나 내 방에 갇혀
대감어른의 그림과, 성인들의 그림을 그리고
또 그리고 있었소. 난 밤새워 그릴 수 없었소 —
숨이 막혀, 신선한 공기를 마시고자 창 밖으로 몸을 내밀었소.
큰 발과 작은 발이 총총히 걸어오고
기타소리, 웃음소리, 간간이 노랫소리 들려왔소 —
긍적화,
사랑을 빼앗아가면 이 세상은 무덤!
마르메르꽃,
리자를 보내 놓고 무슨 인생의 의미가 있으리오?
백리향꽃 — 이러면서 빙빙 돌더군.
이 무리들이 코너를 돌자마자 낄낄대는 소리가
달빛 아래 토끼 체조하듯 들려왔소 — 날씬한 몸매 셋,
올려다보는 얼굴이 하나 …… 젠장, 선생, 난

수사 (修士) 립포 립피

돌부처가 아니란 말이오. 갈가리 찢었소 ―
커튼과 침대보와 이불로
그리고 침대시트까지 ― 열 개 정도 이었더니
사다리가 되더군요! 밑으로 내려갔소,
손발로 엉기며 타고 내려 땅에 떨어져서
무리들을 따라갔소. 성 로렌스 성당 근처서
노는 무리를 따라잡았소. 난 천해졌소 ―
장미화,
내가 즐거웠다면, 누가 알든지 무슨 상관이랴?
그래서 내일 일어나서
성 제롬이 그의 육체를 굴복시키려고 큰 돌로
늙은 가슴을 치고 있는 불쌍한 장면을 그리고자
침실로 가서 한숨 자려고 몰래
돌아가고 있는 중이었소, 그때
당신네들이 갑자기 날 막았소. 아, 알겠소!
당신 눈이 반짝이긴 하지만 머리를 흔드는군 ―
내 머리 삭발했소 ― 중이란 말이오 ― 여기에 가시가 있군.
만약 코지모 대감께서 나오시면
물론 입을 다물 수밖에 없지 : 하지만 수도승이!
자, 내가 왜 저질스런 수도승이 됐는지 말하라구?

수사(修士) 립포 립피

내가 갓난애였을 제, 나의 어머니와
아버지가 돌아가셔서 난 길바닥에 버려졌소.
난 허기진 몸으로, 하느님은 아실지, 한두 해
무화과 껍질, 수박 껍데기, 과일 껍질과 겨,
찌꺼기와 쓰레기로 연명했소, 서리내린 어느 화창한 날,
내 배는 당신 모자마냥 속이 비었는데
난 바람에 밀려 픽 넘어지고 말았소.
라파치아 고모님이 한 손으로 날 거머쥐고
〈다른 손으로는 쥐어박으면서〉
담장을 끼고 돌아, 다리를 건너,
지름길로 수도원으로 데려갔소. 내가 그 달에
처음 맛보는 빵을 씹으며 서 있는 사이
여섯 마디 말을 합디다.
"그래, 얘야, 네 마음에 각오가 돼 있니?
험한 속세를, 버릴 수 있니?" 난 속으로 대답했소.
'입에 문 빵을요?' 절대 안돼, 엊핏청 그들이 날 버렸소.
난 정말 속세를 떠났소, 속세의 탐닉과 자만을,
궁전, 농장, 빌라, 상점과 은행가들,
이 메디치 가의 천민들이 마음 두어온 쓰레기들을—
여덟 살에 이 모든 것을.

수사(修士) 립포 립피

한데, 선생, 나중에 안 일이지만, 가당찮게도,
그건 무익한 건 아니었소 — 배불리 먹고,
따뜻한 사지옷에 사방에 띠를 겉치고,
진종일 놀고 먹게 되었으니 말이오!
' 저 장난꾸러기가 무슨 소용이 있을까'— 다음이 문제였소.
솔직히 난 수도에는 썩 성적이 안 좋았소.
극성으로— 내게 공부를 시키기도 하더군 :
제장, 라린어도 가르치더니만 내게 허사였소.
클로버 꽃,
내가 알고 있는 거라곤, ' amo' 나는 사랑한다 뿐!
그래도, 염두하시오, 한 꼬마가 나처럼 거리에서
팔녀여를 허기지며, 내가 그랬던 것처럼
반쯤 까먹은 포도송이를 던져줄까
누가 그 먹고 싶은 것을.
아니면 수고한 대가로 누가
욕지거리를 하거나 발로 찰까 —
성체행렬에 낀 어느 신사가
성찬식에 촛불을 들고 가면서
그애에게 눈짓하고, 접시를 쳐들어
밑초에서 떨어진 촛농을 받아 팔게해줄까,

수사(修士) 립포 립피

혹은 여덟 명의 치안판사를 불러 매를 줄까 —
아니 그보다 어느 개가 물까, 어느 개가
거리의 쓰레기더미에서 주운 뼈다귀를 떨어뜨릴까를
살피려 인간들 얼굴을 주시하노라면,
정말, 신경과 감정이 곤두서지요.
세태를 보고, 더구나
꼬집는 굶주림의 편달을 받게 되오.
나 이리도 관찰한 것이 많소. 확실히
언젠가, 여가 있을 때 그걸 써먹었소.
난 내 연습지에 그들 얼굴을 그렸소.
성가집 여백에도 장난삼아 그리고
긴 음계에 팔다리를 붙이고
A와 B에는 눈, 코, 턱을,
동사와 명사의 난해한 변화 사이에,
벽, 의자, 문에 이 세상에 관한 그림을
계속 그렸더니, 수도사들 인상을 찌푸리더군요.
"안되오." 수도원장 말씀이었소. "그 앨 내쳐라구요?
얻어도단이오. 까마귀를 잃고 종달새를 잡겠소.
드디어 우리 칼멜 교단에도 카마돌리와 설교 수도사처럼
재주있는 인물이 나와 성당을 아름답게 꾸미고

수사(修士) 립포 립피

마땅히 외양을 꾸며도 나쁠 건 없잖소?"
그리고 원장은 내게 맘껏 그리라 했소.
고맙대요. 내 머린 꽉 차 있는데 벽은 비었으매
그렇게 빨리 짐을 풀 수 없었소.
처음, 수도승은 전부 그렸죠. 검거나 희거나,
뚱뚱하거나 말랐거나 : 다음 교인들이었소.
통에서 떨어지는 것이나, 양초 토막 훔친 경범을
신부께 고해하려 대기한 차한 여인네로부터 ―
방금 살인하고 제단 아래 앉아 헐떡이는
녀석을 어린애들이 둘러서서
반은 녀석의 수영을 보고, 반은
한 팔을 들어 녀석을 향해 주먹 날리고
다른 팔은 (십자가의 수심어린 얼굴이 천년 수난 후에도
이 꼴을 보는) 그리스도상 때문에 십자가를 긋는
피해자 아들의 시퍼런 분노에 감탄하는데
한 슬픈 소녀 앞처마를 덮어쓰고
(앞처마는 날카로운 눈으로 뚫어볼 수 있었소.)
저녁에 가만히 들어와 한 마디 하고, 빵 한 조각,
귀걸이 한 쌍, 꽃 한 다발 던지고,
(이 금수 같은 자 그걸 투덜대며 받았소.)

수사 (修士) 립포 립피

기도하고 떠나는 광경까지 그렸소.
다 그리고는 큰소리치길 : " 원하는 대로 그려주리다,
골라잡으시오, 더 그리겠소! " ― 그리고는
사다리를 놓고, 수도원 벽의 그림을 보여줬죠.
수도승들은 빙 모여서 소리높이 칭찬합디다. ―
제지당하고 강상법을 일러줄 때까지,
단순한 육체 그림들이므로. " 저건 실물 같아
허리 숙여 강아지 쓰다듬는 소녀를 봐!
저 여잔 원장님 천식병 간호해드리러 오는
조카 같아 : 실물 그대로인걸! "
그러나 내 승리의 횃불은 라오르다 사라졌소.
그들 상관의 차례 : 보고나서 말하였소.
원장과 교수들은 낯을 쩌푸리고 즉시
모든 걸 중단시켰소 : "어찌, 이게 뭐냐?
회화의 정법에서 완전히 벗어났어, 제기랄!
얼굴, 팔, 다리, 몸체가 실물과 같아
두 알의 완두콩이 닮듯이 ! 이건 악마의 장난이야!
자네 할 일은 인간의 외양을 포착하거나,
죽어 산화할 흙(육체)에 경의를 표하는 게 아니라,
인간에게 영혼이 있다는 걸 망각하게 하는 짓이야!

수사(修士) 립포 립피

인간을 육체 위로 들어올리고, 육체를 무시하고,
인간의 영혼, 그것은 불, 연기…아니…아니야…
갓난애처럼 강보에 싼 수증기야 ―
(자네가 죽을 때 그 모양으로 자네 입을 떠나지)
그건…음―말할 가치가 없어, 그게 영혼이란 걸세.
영혼을 드러낼 이상의 육체는 그리지 말게나!
지오토를 봐, 하느님을 찬양하는 성화를 그려
우리의 찬사를 받네 ― 왜 그를 따르지 않나?
우리 머리에서 신을 찬미하는 생각을 씻어낼 건가?
영혼을 그려, 팔 다리는 괘념 말고!
다 지우고 다시 그려보게,
오, 저 유방이 달린, 흰 피부의 작은 여인은
꼭 내 조카 같네… 헤로디아스일 테지 ―
춤을 추고 남자의 목을 자른 여자말야!
모두 지워! " 그래, 이게 양식 있는 짓인가? "
눈을 화면에 둘 수 없어 화면을 떠나도
더 이상 손해볼 것 없이 육체를 잘못 그리는 게
영혼을 그리는 훌륭한 방법이란 말이군!
그래서 황색으로 그린 것이 흑색으로 될 때
황색이 백색 노릇을 한단 말인가?

수사(修士) 립포 립피

모든 것이 자신 외의 다른 의미로 변하고
아무 것도 아닌 것으로 보일 때 어떤 의미도 돋보인다나,
화가가 왼발, 오른발, 번갈아 쳐들고 뜀박질하며
육체를 더 실물처럼, 영혼을 더 사실처럼
순서대로 그리면 왜 안되는가?
가장 어여쁜 얼굴을 모델로 그리자.
원장의 조카… 수호성인 ― 너무 고와서
그것이 소망, 공포, 슬픔, 환희를 의미하는지
알아낼 수 없다는 건가? 아름다움이 이들과 병행할수 없나?
내가 그녀 두 눈을 파랗게 잘 그렸다면,
숨을 가지고 생명의 불꽃을 보태고, 그런 다음
영혼을 첨가하고. 그 눈을 삼중으로 고양시킬 수 없을까?
혹은 영혼이 전무한 미의 존재가 있다 하자.―
(난 결코 보지 못했어 ― 설사 있다 하여도―)
다지 당신이 아름다움만 얻고 다른 걸 얻지 못해도
신의 피조물 중에 최상을 얻는 셈이오 :
그건 굉장하오 : 또한 잃어버린 영혼을 그대 마음 안에서
찾을 거요. 신에게 감사를 드릴 때에는
"모두 지워버려!" 그렇지, 그래, 그게 내 짧은 삶이오,
그래서 그 후로 그런 일이 계속되었소.

수사(修士) 립포 립피

난 물론 어른이 되어갔고 구속에서 벗어났소.
여덟 살 아이를 가지고
처녀들과 키스하지 않게 다짐받아선 안돼요.
난 나 자신의 주인이고 내 맘대로 그립니다.
보다시피 저 모퉁이집에 친구가 있으니 말이오.
오오, 그 집 앞에 있는 쇠고리를 꽉 잡는 거야 -
그 큰 고리들은 단지 깃대를 꽂거나, 말을 매는
그 이상의 쓰임새가 있을 터!
하지만 저 옛 훈장의 지팡이, 저 늙은 엄숙한 눈매가
내가 일할 동안 어깨너머 보고 있단 말이야,
언제나 고개를 저으며 - 내 아들아, 그건 예술의 타락이야!
너는 정말 위대하고 고전적 화가는 아니야 :
안젤리코 수사가 그런 화가야, 너도 알게 될걸;
로렌조 수사는 독보적 존재지 :
육체만 열심히 그려, 자네 셋째도 될 수 없을 걸세.
소나무꽃,
당신이 당신의 애인…충실히, 난 내 화법에 충실하려오!
난 셋째도 못돼 : 제장, 그들도 다 알고 있어!
라틴어를 아는 그들이 가장 잘 알 것 같지 않소?
그래서 난 치솟는 울분을 누르고,

수사(修士) 립포 립피

이를 악물고, 입술을 깨물고 그리고 있소 ―
그들을 즐겁게 하고자 ― 하지만 그럴 때도 있고
안 그럴 때도 있소 ― 왜냐하면 가장 그러할 때
변화기 오게 마련이니까. 따뜻한 저녁 어느 날
성자들을 그리자면 ― 웃음소리, 고함소리, 속세의 일 ―
(복숭아꽃,
죽음은 모두에게, 그러니 각자 인생을 즐기세!)
그러면 온 정신이 빙글거리고, 삶의 잔이 넘쳐오.
이승과 인생이 꿈으로 돌리기엔 너무 벅차요.
그래 난 순전히 오기로 이 미친 짓을 합니다.
당신들에게 노출된 이 어리석은 짓을.
홧김에! 수년 고생 끝에 풀밭에 나간
늙은 여자말이 뻣뻣한 발 뒤꿈치 걸어차(풀을 짧게 끊듯)―
물방앗간 주인이 풀의 쓸데란 여물을 만드는
것뿐이라고 말하게 가르치지 않더라도 말이오.
사람들은 뭘 원하겠소? 풀을 좋아하겠소, 아니겠소? ―
좋아해도 되겠소, 안되겠소? 내가 원하는 건
양단간에 언제나 하나로 정해진 것. 그러나,
사람들은 거짓말을 너무 많이 해 자신을 해쳐요:
너무도 좋아하는 것을 싫어한다고 하지만,

수사(修士) 립포 립피

원대로 해주면 끔찍히도 싫어할 것을
정말 좋아한다고 하니 말이오.
난 배운 대로 이야기하오:
난 언제나 에덴동산과 그곳에서 하느님이
남자의 아내를 창조함을 보오: 그리고 내가 배운 것,
곧 육체의 가치와 의미를
십분도 안돼 잊어버릴 순 없소.

    날 이해하겠죠: 난 짐승이오, 인식하오.
하지만 보시오, 자 ─ 왜냐, 내겐 샛별이 금방 떠오름을
감지하듯 확연히 보이오 ─
미래에 일어날 일이. 여기 청년이 있어
우리 수도원에 와, 내 행위를 배우고,
쪼그려 앉아 살피며, 요점을 놓치지 않더이다:
이름은 귀디(Guidi) ─ 그 친구 수도승은 마음에 없소 ─
그들은 그를 못난이라 칭해도, 반박을 않아요 ─
그는 내 화법을 익히고 ─ 그 녀석 그림 빨리 그릴 거요;
난 예견하오 ─ 내 비록 오래는 못 살지라도
꼭 그렇게 되리란 것을 알아요.
당신 나처럼 라틴어를 못하는 것 같소;

수사(修士) 립포 립피

하지만, 당신은 내 친구요, 당신은 세상을 관찰했으니
─ 미(美)와 경이와 힘을,
사물의 형태, 칼라류, 빛과 그늘,
변화와, 놀라움 ─ 하느님의 창조물이오!
─왜냐고? 경탄을 느끼지요, 그래요, 안 그래요?
이 찬란한 도시 풍경, 저 강줄기,
그를 에워 싼 산과 그 위의 하늘,
더욱이 이런 자연의 굴레에 있는 남, 여, 아이들,
도대체 왜 어떤 이유로 만들었겠소?
지나쳐 버리고, 무시해요? 혹은 관찰하고,
경배하라구? 오, 후자지요! ─ 라고 하겠지만,
왜 말처럼 실행을 않을까요? ─ 결과야 어떻든
이것들을 사실 그대로 그리잖소?
하느님의 작품이오 ─ 이러하니 아무 것이나 그리고
진실이 빠지는 걸 죄악이라 여겨야 해요. '하느님 작품이
이미 여기 있소 : 자연이란 완전무결하오 :
당신이 자연을 모방한다면 ─ (불가능하지만)
'자연보다 나을 수 없소! 하니 자연을 능가해야 돼' 라고
이의를 달지 마시오. 왜냐하며, 우리 이미
수백 번 스쳐가며 별 관심두지 않던 것이

수사(修士) 립포 립피

화폭에 담겼을 때, 일순 애정을 갖는 것이
인간의 본성이오. 당신은 모르겠소?
그림으로 나타날 때 더 좋아져요 — 분명하오.
둘다 같은 말. 예술의 책무입니다.
하느님은 이같이 각자 다른 재능을 내려
상부상조하도록 하셨지요. 당신은 지금
부하의 풀죽은 얼굴을 봤죠? 분필 좀 주오.
날 믿고! 내가 고귀한 것을 그대로 그려내면
얼마나 좋은 일이겠소!
그것은 수도원 강단에서 제군들에게
하느님 교리를 설교하는 것과 같소! 오, 오,
나를 미치게 하는 건, 우리가 무덤에 묻힌 후
인간들이 할 행위요! 이승은 우리에게 오점도,
백지도 아니오; 커다란 의미이자 좋은 거요:
그 의미를 찾아내는 것이 내 기쁨이오.
"아, 하지만 그래선 기도의 충동이 안 일어나요!"
수도원장이 한 마디 했소. "그대의 의미가 분명한데
사람들에게 말하지 않느냐 — 조과(朝課)를 잊지 말라,
또는 다음 금요일의 금식도!" 아, 그럴 양이면
예술은 대저 무슨 소용이 있소? 해골 하나 뼈 몇 개,

수사(修士) 립포 립피

막대기 두 개 못 박아 만든 십자가, 또는 제일 좋은 건,
시간을 알리는 벨이라면 충분할 거요.
난 여섯 달 전에 성 로렌스를 그렸었소.
프라토에서, 벽토를 갓 칠한 벽에 멋진 수채화법으로,
"발판을 내려온 지금 내 그림이 어떻소?"라고 어느
수사에게 물었더니, "훌륭해"라고 대답하였소.—
'그 부제(副祭)의 불에 탄 쪽을 뒤집어 놓는
세 종놈의 인상 중에는 속시원히 손톱에 긁히고
쇠꼬챙이로 찔리지 않은 게 하나도 없소.
경건한 교인들은 횟김에 그곳으로 와서
기도로 그들 마음을 평온하게 하여왔소:
곧 속의 벽돌이 보일 거요,
다음해 이때에 또 다른 일을 기대하시오,
연민과 신앙심이 군중 속에서 싹 트고 있으니까요—
당신의 그림이 그 목적에 적합하오!" 뒈져라 바보들아!

   —즉—불쌍한 중이 무심결에 내뱉은 말을 오해하지
말라는 뜻이오, 하느님도 아십니다,
먹어보지 않아도 취하게 하는 처안리 와인 같은
이 향긋한 방공기를 마신 탓에.

수사(修士) 립포 립피

아, 교회도 압니다. 나를 잘못 전하지 마오! 이제
탈선한 돌중이 자기를 변명할 말을
적당히 꾸미는 것이 당연한 일이오 :
내가 어떻게 속죄하려는지 잘 들어보시오.
나 다짐을 했어요 : 그림을 한 점 그리겠다고
… 받으시오! 내게 육개월만 주오, 후에
성 엠브로지오 사원에 가보시오! 수녀들께 축복을!
수녀들은 내 화술의 견본을 원하거든요.
하느님이 중심에 있고, 마돈나와 아기는
나뭇잎, 꽃송이 같은 천사의 무리,
백합과 제복과 백안에 둘러싸인 그림을 그리려오,
갈아 만든 흰 붓꽃뿌리 분 다독일 때 날리는 향기처럼.
귀부인들 한여름에 교회로 몰려들 즈음.
다음 앞에는 성인 한두 분을 그리지요 —
성 요한, 프로렌스 인들을 구하셨기에,
성 엠브로스, 그분은 수도원 사람들을 기록하여
후세이 길이 남겼으므로,
다음엔 욥 — 난 그를 빠뜨리지! 않고 꼭 그려야지.
그는 우즈(Uz)사람 (또 욥의 인내가 필요한
우리 — Us — Uz 에서 z가 없는 — 화가들을). 자, 이 모두들

수사(修士) 립포 립피

경건히 기도드리고 있는 곳에
아무도 예기치 못할 때 어느 구석에서,
어두운 계단을 내려와 음악과 대화 속에 뛰어든
사람처럼 불쑥 나타날 자 립포, 나 아니면 누구겠소—
어리둥절 넋나간 듯 꼼짝 않고 서 있는 자 바로 나요!
난 뒤로 움찔— 보이고 들리는 이것이 무언가?
나, 잘못 들어서 평수사복(平修士服) 입고,
낡은 사지 옷과 띠를 빙 두르고,
이 지존, 이 고결한 군중 속에 선 나!
쥐구멍이 어디냐? 도망칠 구석이 어디냐?
이때 천사 같은 소녀 앞으로 나오더니
고운 손 내밀어—"그렇게 빨리 가지 마세요!"
—그리고 천상 존재들에게 이야기하오: "아니—
이분이 결국 여러분을 만들고 창조해냈어요.
여러분 아무와도 같지 않지만! 성 요한이 그림을
그릴 수가— 그의 낙타털로 화필을 만들 수가—
있었겠어요?
우리 이 모든 걸 얻으러 립포 수사에게 갔어요.
이분이 작품을 만들었어요" 그래서 모두 미소짓죠.
문을 모두 잠그고, 즐거운 장님놀이 하고 있는데

수사(修士) 립포 립피

뜻밖에 성미 급한 남편이 방으로 불쑥 들어올 때
치맛자락처럼 드리운 백 개의 날개 아래
붉어진 얼굴 감추고 난 옆으로 슬슬 도망치지요!
이처럼 도망쳐 뒤에 있는 안전한 의자로 가오.
때마침 나를 감싸준
작은 백합 같은 소녀의 손바닥 놓치지 않고—
수도원장 조카같이…… 아마 성 루시일 거요.
그래서 난 체면이 섰고, 교회에는
예쁜 그림이 생겼소. 가보오, 지금부터 육개월이오!
거리가 조용해졌소, 난 돌아가는 길을 알고 있으니
걱정을 마시오, 동이 트기 시작하는군. 제장!

＊브라우닝의 문학과 인생

로버트 브라우닝(Robert Browning, 1812~1889)은 테니슨(Tennyson)과 더불어 영국 빅토리아 왕조의 대표적 시인으로 알려져 있다.

브라우닝은 런던 교외의 켐버웰(Camberwell)에서 태어났다. 그의 부친은 영국 은행의 부유한 행원으로, 책을 좋아하여 수많은 장서를 수집하였고 미술에도 조예가 깊어 틈틈이 그림을 그리는 등 다재다능한 사람이었다. 어머니는 개신교의 신앙심 깊은 여인으로 음악에 뛰어난 소양을 가졌고, 동식물을 사랑하였다.

브라우닝은 초년에 런던대학에 3개월을 다니다 중단하고 주로 집에서 책과 부모를 통해 지식을 습득하였으며 개인교수에게 어학을 배워 각국어에도 능통하였다. 이렇듯 일찍이 교육을 받아 조숙한 탓에 학교 교육에 흥미를 잃었고, 스스로 터득한 지식에 고립적이고 자기도취적 우월감을 지녀, 후에 그의 생애와 작품의 배경이 되었다.

브라우닝의 생애에 가장 극적 사건은 엘리자베드 바레트(Elizabeth Barrett, 1806~1861)와의 결혼이다. 그녀는 척추를 다쳐 병상에서 시를 쓰고 있었는데, 로버트가 그녀의 시를 읽고 매료되어 서로 교제하는 동안 존경이 연모로 변해 청혼을 하였다. 바레트는 로버트보다 6세가 위였다. 그는 그녀의 병세가 회복될 것을 믿었으나 독선적인 그녀 부친의 격렬한 반대에 부딪혀, 몰래 도망쳐 비밀리에 결혼식을 올렸다. 당시 로버트는 무명에 불과했으나 그녀는 명성이 깊어 사람들은 그를 '엘리자베드의 남편' 정도로 알았다. 그들은 이탈리아로 건너가 잠시 머물기로 하였으나 부친의 격노가 풀리지 않아 돌아오지 못하고 피사와 프로렌스에서 15년을 살았다. 결혼 생활 중에 병이 기적처럼 회복돼 1849년 아들까지 낳았으며, 바레트는 로버트의 극진한 간호와 사랑을 받다가 1861년 6월 29일 프로렌스에서 죽었다. 그들의 결혼 생활은 로버트의 문학을 향상시키는 계기가 되었다. 객지에서의 고독한 생활 중에 그는 다작을 피하고 작품의 완성도를 높여갔으며 <극적 독백>이라는 형식을 더욱 발전시켰다. 아내가 죽은 후 런던으로 와 슬픔 속에서도 창작에 몰두하였는데, 초기와는 비교할 수 없는 창작을 하여, 이때부터 명성이 빛났으며 테니슨에 버금가는 평판을 얻었다. 당시에 발표한 <반지와 책>은 평생의 역작으로 열두 가지의 <극적 독백> 수법으로 집필한 12권의 장시이다. 그후로도 많은 작품을 냈으나 전기에는 미치지 못하였다.

그의 작품 대부분은 극적 구성으로 되어 있는 바, 극적 형식을 발전하고 완성시킴으로써 스스로도 가장 적합한 시인이 되었다. 극적 독백의 형식은 독자·화자·시인을 사이에 두고 화자를 통해 시인이 전하고자하는 의미를 대리전달하는 기법이다. 그는 또한 등장인물들의 심리묘사를 통해 인간심리의 통찰력을 보였고, 특히 남자와 여자의 심리에 깊은 관심을 나타냈다. 그의 생애와 작품은 애매하고 난해하기로 유명한데, 이는 그가 초년에 섭렵한 박식함이 가진 고립과 우월의식이 투영되어 자신을 드러내지 않는 은유적 기법을 즐겨 쓰기 때문이었다. 그러한 난해성에도 불구하고 그는 덜 관습적이며, 교훈적이거나 현학적이 아닌 독창적인 시를 써서 그의 시에 감동을 받고 뉘우치거나 찬양하는 사람들이 많았다.

브라우닝은 낙천적이며 낭만주의자인 동시에 예언자요, 청교도적 교사로서 19세기 영미시의 발전기에 전 생애를 살며 많은 영향을 끼친 위대한 시인이었다.

그는 1888년 8월 이탈리아로 가서 그곳에서 대성한 화가인 아들 페니니와 말년을 보내다 1889년 12월 12일 베니스에서 죽었다. 그는 아내곁에 묻히길 원했으나 영국 의회의 권고로 영국으로 옮겨져 웨스트민스터 사원의 시인 묘(Poet's Corner)에 묻혔다.

詩를 읽고 나서

이찬일

1931년 경남 창녕 출생.
부산대 영문과 졸업.
고교영어 강사를 거쳐 대입학원 영어강사 출강
현재 번역문학가로 활동
주요 역서
토마스 만 《선택된 인간》
W. 휘트먼 《풀잎의 노래》
H. W. 롱펠로 《밤의 목소리》써 다수

사랑을 이유로 사랑해 주세요

1992년 4월 20일 초판인쇄
1992년 4월 30일 초판발행
1995년 4월 10일 재판발행
지은이 / 브라우닝
옮긴이 / 이찬일
엮은이 / 정광식
펴낸이 / 김영길
펴낸곳 / 도서출판 선영사
본사 / 부산시 중구 중앙동 4가 37-11
전화 / (051)469-8857, 465-9616
서울사무소 / 서울시 마포구 동교동 205-17 동서빌딩
전화 / (02)338-8231,
(02)338-8232
팩시밀리 / (02)338-8233
등록 / 1983년 6월29일 제 카1-51호

ISBN 89-7558-821-1   03840

도서출판 선영사
Sun Young Publishing Co.

선영사

Sun Young Publishing Co.